転生しても実家を追い出されたので、今度は自分の意志で生きていきます 2

tensei shitemo jikka wo
oidasaretanode kondo ha
jibun no ishi de ikite ikimasu

Nagomi Fuji
著 藤 なごみ

ill. 呱々唄七つ

ビーナス
『ナンバーズ』と呼ばれる
闇ギルド有数の実力者。
アレク
電車に轢かれて、
異世界転生した男の子。
4歳で捨てられたものの
冒険者となり、元気いっぱい活躍中。
本名はアレクサンダー。
リズ
本名はエリザベス。
お転婆だけどお兄ちゃんっ子な
アレクの可愛い妹分。

登場人物
ランベルト
アダント帝国の皇帝陛下。
いろいろな武術に長けており、
とても家族思い。
スラちゃん
森で出会った
とっても賢いハイスライム。
リズをからかうのが大好き。
リルム
アダント帝国の皇女様。
内気だが、アレクたちとは
大の仲良しに。

第一章　エレノアに危険が迫っている⁉

　僕の名前はアレクサンダー、みんなからはアレクって呼ばれている。バイト帰りに電車に轢《ひ》かれ、なぜか赤ちゃんとして異世界に転生した元日本人だ。

　僕が生まれたのは、ブンデスランド王国にあるバイザー伯爵家《はくしゃくけ》のお屋敷。

　前世では実の母に家を追い出されて苦労した分、今度こそ自由に生きたい。そう思っていたのに……意地悪《いじわる》な叔父夫婦《おじふうふ》によって、僕は四歳にしてまた捨《す》てられてしまった。

　転生前は一人ぼっちだった僕だけど、今世は違う。同じお屋敷を追い出された妹分のエリザベス――リズが一緒なんだ。お兄ちゃんとして、僕が頑張らないと。

　森に置き去りにされた僕とリズは、そこでハイスライムのスラちゃんと出会う。僕たちは屋敷にいる間にこっそり鍛《きた》えた魔法を使ってなんとか森を抜け、スラちゃんと一緒に町……ホーエンハイム辺境伯領《へんきょうはくりょう》に辿《たど》り着いたんだ。

　僕はリズと一緒に暮らしていくため、スラちゃんを含む三人で冒険者になった。冒険者ギルドに登録すれば、依頼を受けてお金を稼《かせ》ぐことができるから。凄腕《すごうで》の剣士であるジンさんをはじめ、魔法に長《た》けたカミラさんといったいろんな冒険者とも知り合ったんだ。

領主のヘンリー様が保護者になってくれるって言うし、これで一安心《ひとあんしん》。そう思っていた時、突如《とつじょ》として町にとても大きなゴブリンキング率いるゴブリンの大群が現れたんだ。

僕はリズと力を合わせて【合体魔法】を使い、ゴブリンキングを倒した。おかげで町は守られたんだけど……急に町中に魔物が現れるなんて、絶対におかしい。

ゴブリン襲撃事件を報告するために、ヘンリー様と一緒に王都に行くと、ここでも衝撃的な出来事が相次《あいつ》ぐ。

暗殺されかけていたお姫様のエレノアを助けたり、僕とリズが実はいとこで、王族の血を引いていることが判明したり……おまけに、僕とリズの両親の死に、僕とリズを捨てて実家を牛耳《ぎゅうじ》る叔父夫婦――バイザー伯爵夫妻が関わっていることまで明らかになった。

この二人ときたら、ブンデスランド王家を乗っ取ろうと企《たくら》んでいたんだ。ゴブリンキングの一件も、彼らの仕業《しわざ》なんだって。

国王陛下をはじめとするみんなの助けを借りて、僕はバイザー伯爵夫妻を捕まえた。過去と決着を付けたんだ。

……捕まえた二人が、追い出した僕たちのことをすっかり忘《わす》れてしまっていたのはとても悔《くや》しいけどね。

僕とリズの両親を殺し、王家を乗っ取ろうとしたバイザー伯爵夫妻には生まれたばかりのミカエルという名の赤ちゃんがいた。罪がないその子はヘンリー様が保護することになったので、今は僕とリズと一緒に暮らしている。

ミカエルだって被害者で、僕たちのいとこ。一生懸命《いっしょうけんめい》面倒を見ようと思う。

平穏《へいおん》な日々を送るためにも、力を合わせて頑張るぞ！

◆　◇　◆

僕はフカフカのベッドの上で目を覚ました……ええっと、なんでここにいるんだっけ。

起きたばかりのぼんやりとした頭で、周囲を見回しながら考える。

ここはブンデスランド王国の王城にある、ティナおばあ様の私室だ。

バイザー伯爵夫妻の一件がある程度片付いたから、今日はリズの実の祖母、そして僕の保護者代わりでもあるティナおばあ様に挨拶に来たんだった。

僕はお昼ご飯を食べながら、国王陛下からこれからのことについて話を聞いたんだけど……その話が難しくて、ティナおばあ様のところに戻った時にはすっかり眠くなっちゃってたんだよね。だからリズとスラちゃん、そして遊びに来てたエレノアと一緒にお昼寝をしていたんだ。

どうもガッツリ眠ってしまったらしい。窓の外は夕焼け色に染《そ》まっていて、僕もリズもスラちゃんも、もう辺境伯領へ帰る時間だ。

「ごめんなさい、せっかくティナおばあ様の部屋に来たのに、お昼寝してばかりで……」

少ししょんぼりした気持ちでベッドを下り、枕元の椅子《いす》に座っていたティナおばあ様に謝った。

するとと彼女は、僕をギュッと優しく抱きしめる。

「いいのよ、アレク君。ほんの何日か前に、ミカエル君を助けるために気絶するくらい魔力を使ったばかりなんだから。きっとまだ体が疲《つか》れていたのね。こんなにぐっすり眠ってくれたなんて、私の部屋があなたにとって安心できる場所の証《あかし》だわ」

ティナおばあ様の優しい言葉にホッとした。僕もギュッと抱きしめ返して、彼女から離れる。

僕たちの話し声が聞こえたのか、ベッドで寝ていたリズとエレノアも起き出してきた。

まだ寝起きなのに、リズが待ち切れない様子で僕に聞いてくる。

「お兄ちゃん、新しいお家《うち》ってどんなの？　リズのお部屋、あるかな？」

そういえば……お昼寝前に僕とリズとスラちゃん、そしてミカエル専用のお屋敷に引っ越すって話を聞いてたんだよね。

「うーん、僕もよく知らないんだ。帰ったらヘンリー様に聞いてみよう」

リズはスラちゃんと一緒になって、新しい家に思いを巡《めぐ》らせているみたいだ。

そろそろヘンリー様のところに帰らないと。僕とリズは荷物を纏《まと》める。

「ティナおばあ様、また来週の第三の日に遊びに来ます」

第三の日とは、前世で言うところの水曜日。普段は辺境伯領で暮らしている僕とリズだけど、こうして週に一度、王城に顔を見せる約束をしていた。

「ええ、気をつけて帰ってね」

「アレクお兄ちゃん、リズ、またね！」

僕は行ったことがある場所に転移する扉《とびら》を作る魔法……【ゲート】を発動した。この魔法で王城とヘンリー様のお屋敷を繋《つな》げば、あっという間に移動できる。

ティナおばあ様とエレノアに手を振り返しながら、僕たちは【ゲート】をくぐった。


お屋敷の玄関ホールに着くと、タイミングよくヘンリー様が帰ってきたところだった。

「ただいま戻りました」

「ただいま！」

僕とリズの挨拶《あいさつ》を聞いて、ヘンリー様が微笑《ほほえ》む。

「おかえり、二人とも。リズちゃんのワクワクした顔を見るに……新しい屋敷の件を聞いたようだな。応接室でゆっくりと話そうか」

「わーい、どんなお家かとっても楽しみ！」

ヘンリー様ははしゃぐリズとスラちゃんを宥《なだ》めながら、僕たちの手を引いて応接室に向かった。

応接室には辺境伯一家……ヘンリー様の奥さんであるイザベラ様と、娘《むすめ》のエマさんとオリビアさんも待っていた。

僕とリズがただいまの挨拶をしてソファに座ると、すぐにヘンリー様が口を開いた。

「では、早速話をしようか。実は、今回のバイザー伯爵――ゲインによる幾度《いくど》かの襲撃《しゅうげき》に加担した家臣《かしん》がいたんだよ。散財の末《すえ》に生活が困窮《こんきゅう》して、バイザー伯爵家から賄賂《わいろ》をもらって情報を流していたんだ」

「それは大変ですね。まさか、そんな人がいたなんて……」

ヘンリー様にはそう返したけれど、とても納得できる話だ。

やっぱり、内部協力者が町の中に潜《ひそ》んでいたんだ。

こちらの警備状況なんかを知らないと、ゴブリン襲撃があんなにうまくいくはずがない。

「重臣《じゅうしん》だったから、なお頭が痛い。その者は取り調べ中だが……財産を没収《ぼっしゅう》し、禁固刑《きんこけい》といった処分になるだろう。他にも数名が取り調べを受けている」

額《ひたい》に手を当て、ヘンリー様はさらに続ける。

「ここからが本題だ。もともと、その家臣は使っていない別宅を持っていたんだ。うちの屋敷の近所で立地がいいし、買い上げることになっていたんだがなぁ」

なんでも、僕たちが引っ越すお屋敷こそ、その別宅らしい。当初は年内にでも……という計画だったみたいだけど、売買契約が結ばれる直前で所有者が捕まり、計画が狂《くる》ったそうだ。

「別宅とはいえ、家宅捜索《かたくそうさく》が入るんだ。侍従《じじゅう》の選定も行う必要があるから、引っ越しはまだ先の話になる。アレク君たちはもう少し我《わ》が家《や》にいてもらうことになるが、それでもいいかな？」

「僕たちは平気です。まだ事件が終わったばかりですもんね」

当分はそのお屋敷も捜索でごたごたしそうだし、下手に焦《あせ》っても仕方がない。ここはゆっくりと待とう。

「せっかくだから、内装も一新しましょう。私たちが引っ越しの費用を出すわ。なんといっても、アレク君たちはこの町の救世主だもの」

イザベラ様の言葉に、エマさんとオリビアさんが目を輝かせた。

「お母様の言う通りだよ！　アレク君とリズちゃんらしい、可愛い家具を用意しないと」

「お客様がたくさん来るかもしれないから、食器とか……追加で備品も揃《そろ》えましょう！」

女性陣は新しい屋敷に必要なものを考えてくれている。だんだんと具体的な買い物の話になってきた。

「おお！　リズ、たくさんお金稼いで、いっぱい買うよ！」

リズは元気よく手を上げたけど……何をするのかよく分かっていないっぽい。スラちゃんがリズの真似をして触手《しょくしゅ》を振る。

僕とヘンリー様は苦笑しつつ、盛《も》り上がるみんなを見守るのだった。

◆　◇　◆

今日は特に予定がない。だから、武器の手入れをしようと思う。

実はこの間のゲインとの戦闘で、リズが愛用するファルシオンが曲《ま》がってしまったのだ。僕たちでは直しようがないので、修理をお願いしなくちゃいけない。

僕はリズとスラちゃんと一緒に、冒険者ギルドにやってきた。ここの売店には、武器の手入れをお願いできる武器屋さんが常駐しているのだ。

早速事情を話すと……武器屋のおじさんの表情が曇《くも》った。

「うーん……これは派手に刃《は》を曲げたな。ここまでやると、うちでは修復できないぞ」

「えー、そんなー！」

おじさんはリズから受け取った剣をしげしげと眺め、難しい顔をしながら答えた。

リズはファルシオンが修理不能と聞いてがっかりしている。抱えられているスラちゃんも悲しげだ。

でもおじさんの言う通り、刃がぐにゃっと曲がっているし……素人《しろうと》の僕から見ても、修復は難しい気がする。

こうなると、買い替えかな。

しかし、おじさんは意外なことを言い出した。

「これ、本当にギルドで買ったもんか？　この剣……嬢ちゃんの魔力で材質が変化している。なんでも、ミスリル鋼《こう》の剣を折ったそうじゃないか。ただの鉄製のファルシオンじゃ、そんなことできるはずがないのに」

そういえば……ゲインの剣を折る直前、リズのファルシオンが魔力を纏って光り輝《かがや》いていた。

もしかしたら、その時に何か変化が起きたのかも。

「ははは、そうがっかりするな。この町で一番の武器屋を紹介してやるよ。ギルドの設備と違って、きちんとした鍛冶場《かじば》があるところならどうにかなるかもしれん。気難《きむず》しい親方だが、お前たちなら大丈夫だろう」

おじさんは落ち込むリズとスラちゃんの頭を撫《な》で、武器屋さんの場所を教えてくれた。

早速、行ってみよう。


「お、ここかな？」

ギルドから歩くこと五分。目的地に到着した。

「看板《かんばん》に『武器屋』って書いてあるよ、お兄ちゃん！」

僕たちはお店に入る。今の時間帯はお客さんが少ないようで、店内は静かだ。

「「こんにちは！」」

「おや、可愛らしいお客さんだね。どうしたの？」

僕とリズが挨拶をすると、カウンターにいたふくよかなおばさんが返事をした。

僕はおじさんから受け取った紹介状を渡す。

「冒険者ギルドの武器屋さんが、このお店を紹介してくれたんです」

「リズのファルシオンが、ぐにゃーってなっちゃったの」

「えーっと……確かにうちの旦那宛《あて》だね。ちょっと待っていてね」

おばさんが店の奥に消えた。多分、親方を呼びに行ったんだろう。

僕たちはその間に店内を見て回ることにした。

剣に弓、杖《つえ》……いろいろな武器が置かれている。一口に武器と言ってもその形状は様々で、種類も豊富だ。

「かっこいい武器が置いてある！」

「そうだね。ギルドで売ってるものとは、作りも素材も違う気がするなあ」

やはり専門店だけあって物がいい。勘《かん》が鋭《するど》いリズも、なんとなく分かっているみたいだ。

ふと、店内の片隅《かたすみ》に置かれている樽《たる》が目に入った。「ジャンク品」と書かれた札《ふだ》が貼《は》られていて、剣の柄《つか》が覗《のぞ》いている。

リズとスラちゃんも気がついたようだ。僕たちは樽に向かう。

踏《ふ》み台《だい》を使って中身を覗き込むと、気になるものを見つけた。

パッと見はただのダガーなんだけど……同じ樽に入っている武器とは、雰囲気が違うのだ。

「このダガー、安いのになんだか手に馴染《なじ》む……」

「本当だ。とってもいい感じがするよ！」

リズは頭の上に乗せたスラちゃんと一緒になって、僕が手に取ったダガーを見ている。

どう見てもジャンク品じゃないと思うんだけど……

「ほお、そいつを見抜《みぬ》くとは。確かにただのちびっ子ではないらしい」

その時、後ろから声がかかった。慌てて振り向くと、髭《ひげ》をぼうぼうに生《は》やしたおじさんが立っている。

「こんにちは！　おじさん、だあれ？」

「おう、元気な嬢ちゃんだな。俺はこの武器屋の主《あるじ》だ」

熊《くま》みたいに大きいから、ビックリしちゃった……この人が親方さんか。

僕とリズに向かって、親方さんがニカッと歯を見せて笑う。

「坊主《ぼうず》が持つダガーは、わざとジャンク品の樽に入れてあるんだ。武器の良《よ》し悪《あ》しは値段で決まらないってのを伝える仕掛けなんだが……目がいいやつは一目で分かるもんだ。二人はともかく、スライムまで分かるとは。なかなかのものだな」

なるほど、親方さんはこうして武器を買いに来る人を試しているんだな。

気難しいって聞いていたけど……どうやら僕たちは、親方さんから合格をもらえたみたいだ。

「紹介状は読んだぞ。ファルシオンを見てやる。ついてきな」

「「はーい」」

親方さんに連れられて、僕たちは店の奥に進んだ。

店の奥は、様々な武器を作る鍛冶場に繋がっていた。

弟子《でし》と思《おぼ》しき鍛冶職人さんたちが、忙《いそが》しそうに作業をしている。彼らは突然現れたちびっ子とスライムを見て、目を丸くした。

みんなの視線を受けながら、僕とリズは大きなテーブルの前までやってきた。

リズがいろいろなものを収納できるアイテム……魔法袋《まほうぶくろ》からファルシオンを取り出す。親方さんはそれを手に取ると、確かめるように眺《なが》めた。

「ほほう、これは派手に曲げたな。こうも曲がった剣は久々に見る」

親方さんが近くで作業していたお弟子《でし》さんを呼び、何やら小声で話し始める。

一体、なんの話をしているんだろう？　聞き耳を立てたけど、身長差があるからうまく聞こえない。

お弟子さんが去っていくと、親方さんは僕たちに向き直った。

「ちびっ子たち、名前は？」

「アレクサンダーです」

「エリザベスだよ。このスライムはスラちゃんです！」

「ふむ……幼いのにしっかりしている。アレクにリズでいいか？　大活躍していると噂《うわさ》に聞く、小さな冒険者兄妹《ぼうけんしゃきょうだい》だな。それなら難しい話でもついてこられるか」

親方さんが呟《つぶや》いた時、いなくなったお弟子さんが二つのインゴットを持って戻ってきた。

一見《いっけん》すると同じものだけど……片方は魔力を帯《お》びている。

親方さんはテーブルの上に置かれたそれと、僕たちとを交互に見るだけだ。何も言わないってことは……もしかして、試されてる？

【鑑定《かんてい》】で調べることもできるけど、求められているのはそういうことじゃなさそうだ。

「左は鉄のインゴットだと思います。ただ、魔力を帯びたもう片方は……知らない素材で、よくわかりません」

「右のほうがとーってもパワーがあるよ」

僕とリズが答えると、スラちゃんも触手で丸を作った。親方さんが頷く。

「……嬢ちゃんは面白いたとえだな。そっくりな二つを見分けられるだけで十分だ。アレクの言う通り、左はただの鉄。しかし、右は魔鉄《まてつ》でできたインゴットだ。魔鉄は、見た目こそ鉄にそっくりだが、魔力を帯びている。普通の鉄よりもずっと希少《きしょう》なんだ」

へえ、見た目は同じなのに……

親方さんによれば、魔力によって材質が変化する素材は他にもあるのだという。

「たとえば、ミスリル鋼《こう》。これは銀《ぎん》が魔力を帯びて、より頑丈《がんじょう》に変質したものだ。魔鉄はミスリル鋼の採《と》れる場所でよく見つかるな」

そうしたレアな金属は、含有《がんゆう》する魔力量が多い土地——魔脈《まみゃく》で発見されるのだとか。

「たくさんの魔力を浴《あ》びると、金属の性質が変わるんですね」

「ははは、アレクは理解が早いな。さて、リズのファルシオンだが……刀身が魔鉄でできている。

ギルドで魔鉄製の武器を扱っているなんて聞いたことがないから、おそらく後天的に材質が変わったんだ」

「確かに……リズがファルシオンを振るった時、剣が聖属性《せいぞくせい》の魔力でコーティングされて光ったんです。何かあったならその時かも。ちょっと試《ため》してみます」

僕もリズも魔力量にはかなり自信がある。あの時リズは、どれだけの魔力をファルシオンに込めたんだろう。

物は試しということで、実験してみよう。

リズは店内に飾《かざ》られていたショートソードを買った。僕とスラちゃんは自前のダガー二振りとロングソードを手に持つ。これで、武器に魔力を込められるか試すのだ。

自分の体の一部だとイメージして、ダガーに魔力を流していく。

すると、次第に刀身がキラキラし始めた。剣先に集まった魔力が、ダガー全体をコーティングしていく感じがある。

ちらっと横を見ると、リズが光るショートソードを掲《かか》げていた。ファルシオンの時にやったからか、あっさり成功したみたいだ。

やがて、剣を覆《おお》っていた魔力の光は収まった……あれ？

親方さんとお弟子さんたちが、ビックリした顔でこちらを見ている。

頬《ほほ》を掻《か》きながら、親方さんが言う。

「いや何、まさか本当に魔鉄にしちまうなんて思ってなくてな。お前たちは簡単に『試す』と言っていたが……実際にできる者は、ほとんどいない。こいつはたまげた」

親方さんの言葉を受けて、僕たちはそれぞれの得物《えもの》を観察した。僕のもリズのもスラちゃんのも、刀身がただの鉄から魔鉄に変わっている。

「すげー！　鉄が魔鉄に変わる瞬間なんて、本当に見られるもんなんだな」

「というか、魔鉄って人為的《じんいてき》に作れるんだなあ。偉《えら》い学者の机上《きじょう》の空論《くうろん》だと思っていたぞ」

えーっと……お弟子さんたちの話を聞くに、どうも僕たちがやったことはとんでもないことっぽい。魔鉄に変わった武器を見て、みんな目の色を変えている。

リズとスラちゃんは「うまくできた！」って喜んでいるけど……僕の背中を冷や汗が伝《つた》う。

「どうもお前らの魔力は、物質に干渉《かんしょう》しやすいみたいだな。とある研究施設でも、鉄を魔鉄に変えたやつがいたって話だが……そいつも、普通のやつとは魔力の通りやすさが違ったそうだ」

親方さんは僕が魔鉄に変えたダガーを手にしながら、興味深そうに教えてくれた。

僕たちはよく一緒に【魔力循環《まりょくじゅんかん》】をしている。もしかしたらお互いの魔力を巡らせているうちに、似たような性質になったのかもしれない。

「そもそも魔鉄は希少な素材だ。量が採れないから、取引だって制限されている。この件は領主様にご報告しないとな」

「うう……すみません。僕からもヘンリー様に説明します」

「ああ。確か、領主様の屋敷で暮らしているんだろう？　事《こと》の経緯を手紙に書いてやるから、渡してくれるか？」

「はい、分かりました」

このことはヘンリー様にきちんと説明しないと駄目《だめ》だ。

苦笑した親方さんが、ポンポンと僕の頭を撫でる。

「お前らの武器はまとめて預かる。当然だが、くれぐれも冒険者活動はするなよ。魔法が得意だからって、使い慣れた武器を持たずに依頼を受けるのは危険だ。先にアレクのダガーを打ち直してやるから……来週の第一の日に取りに来い」

「ありがとうございます。お代はいくらですか？」

「おお、カウンターにいる母ちゃんに聞いてくれ」

ゴブリンキングを倒した報奨金《ほうしょうきん》をもらったので、僕とリズはなかなかのお金持ちだ。打ち直しにかかる代金だって、自分たちで支払える。

親方さんがシャツの袖《そで》をまくった。

「久々にやり甲斐《がい》のある仕事だ。なかなか魔鉄を鍛える機会なんざないからな。作業はきっちりこなすから、任せておけ！」

親方さんもお弟子さんたちも、目を輝かせている。

僕とリズ、そしてスラちゃんはみんなに頭を下げ、鍛冶場を後にした。

お店に戻ると、最初に対応してくれたおばさんが、書き物をして待っていた。

「はい、じゃあ預かった武器が五つでこの金額ね。こっちは事情を書いた手紙だよ」

「ありがとうございます」

お代を渡し、おばさんから手紙を受け取る。

今回は僕のダガー二振りとリズのファルシオンとショートソード、スラちゃんのロングソードを打ち直してもらう。

「多分、全部の武器を渡せるまで、一か月はかかるわ。気長に待ってちょうだいね」

手続きはこれで完了だけど、ヘンリー様に事情を説明するとなると気が重い……

憂鬱《ゆううつ》な僕の隣《となり》で、リズとスラちゃんはとてもウキウキしていた。剣の完成が、楽しみで仕方ないみたいだ。


お屋敷に帰った僕は、おばさんから預かった手紙をヘンリー様に見せた。

僕とリズ、スラちゃんが規格外であることを知っているヘンリー様だけど……さすがに驚いたのか、苦笑いを浮かべた。

「ははは、また凄《すご》いことをやったね」

「えっへん」

リズとスラちゃんはなぜかドヤ顔だけど。

「軍務卿《ぐんむきょう》と陛下には私から伝えておく。次に会った時に、何か言われるかもしれないね」

「……素直に事情を話します」

「まあ、アレク君なら大丈夫だろう」

僕の隣で、リズたちはいまだに得意そうにしている。この一人と一匹に説明を任せるのはちょっと無理だ。

面倒な説明をするのは、お兄ちゃんである僕の役目かな。

◆◇◆

あっという間に約束の第一の日がやってきた。

ダガーを受け取るべく、僕とリズとスラちゃんは武器屋さんに来た。

朝だけど、店内は多くの冒険者で溢《あふ》れ返っている。多分、これから依頼を受けに行くんだろう。

店内には、顔見知りの冒険者もいた。

「お、アレクたちもこの店を知ったか！」

「はい、ギルドの方から紹介してもらって」

「ここは冒険者の御用達《ごようたし》なんだ。ギルドの売店じゃなくて、こっちで武器を買うようになれば……初心者を卒業するのも間近だな」

「おお、そうなんだ！」

リズがはしゃいで拳《こぶし》を握《にぎ》った。顔見知りの冒険者たちは声をかけたついでと言わんばかりに、僕たちの頭を撫でていく。

どうもこのお店、一見《いちげん》さんお断りのところだったらしい。

だから、ギルドの武器屋のおじさんは紹介状を書いてくれたのか……

お店から人がほとんどいなくなった頃、ようやく僕たちの番が来た。

「お待たせ、頼まれてたダガー二振りだよ。しっかり打ち直したからね」

カウンターから出てきたおばさんが、僕に品物を渡す。

受け取ったダガーを確認すると……

「わあ、お兄ちゃんのお名前がある！」

「ふふふ、名入れはサービスだよ。久々の大仕事だからって、弟子と一緒に旦那も張り切っててねぇ」

ダガーの柄には僕の名前、そして親方の名前が刻まれていた。もともとシンプルな作りをしていた武器だけど、なんだか今まで以上にしっくりくる。

隣で覗き込んでいたリズも大喜びだ。

「ごめんね。他のはまだ時間がかかりそうなのよ」

おばさんの言葉に、スラちゃんがしょんぼりと俯《うつむ》いた。リズのファルシオンとショートソード、スラちゃんのロングソードは今も打ち直し中らしい。

「ギルドに行って、武器屋のおじさんに報告しないと。リズ、少し寄ってもいい？」

「うん。『ありがとう』って言わないと！」

ダガーを受け取った僕たちは、ギルドに向かうことにした。


ギルドに着くと、依頼に向かう人でとっても混雑していた。人混みを掻き分けて、僕とリズは武器屋のおじさんのところに行く。

「おじさん、ありがとうございました」

「お兄ちゃんのダガーができたよ！」

「よしよし。いろいろ話は聞いたぞ。あの気難しい親方が『たまげた』とまで言うとはなぁ。やるじゃないか」

すでに親方から話があったみたい。武器屋のおじさんは他の人にバレないよう、具体的な内容をぼかしながら褒《ほ》めてくれた。

ひとまずこれで一安心。そう思った時だった。

「ははは、お前らがいるとちっとも暇《ひま》しないな」

「そんなこと言ってては駄目よ、ジン。二人とも、またとんでもないことをしたのね」

「ジンさん、カミラさん！」

後ろから声をかけてきたのは、剣士のジンさんと魔法使いのカミラさんだった。後ろからはよくみんなでパーティーを組んでいるレイナさんとルリアンさん、ナンシーさんもやってくる。

この五人は、ここホーエンハイム辺境伯領でも有数の腕利《うでき》き冒険者。なんでも王立学園に通っていた時の同級生らしく、僕とリズに目をかけてくれているのだ。

王族の血を引いていることだったり、バイザー伯爵家のゴタゴタだったり……何かと隠し事が多い僕たちだけど、この五人はその事情をすっかり知っている。それでも態度を変えないでいてくれるので、とてもありがたい。

ここ最近、ジンさんたちはずっと指名依頼を受けていた。

ちなみに指名依頼とは、依頼主《いらいぬし》が担当してもらう冒険者を指名する制度のこと。彼らは僕とリズの事情を知っているので、バイザー伯爵家の騒動《そうどう》について、ヘンリー様からいろいろお仕事を任されていたんだ。

今日は、その指名依頼の報酬《ほうしゅう》を受け取りに来たのだという。

せっかくだから、みんなで食堂に移動してお話しすることにした。

それぞれが席に着き、一つのテーブルを囲む。

注文した飲み物が届くと、ジンさんが口火《くちび》を切った。

「しかし、バイザーの一件が片付いてよかったな！　アレクとリズ、大活躍だったんだろ？　それぞれ単独でゴブリンキングを倒すなんて……しかも魔法で一撃《いちげき》とはな」

「カミラさんたちが特訓してくれたおかげです」

「私としても、指導の成果が出てよかったわ。アレク君もリズちゃんもスラちゃんも、優秀な生徒だったし……しっかり教えた甲斐《かい》があったわね」

僕たちがゲインたちを捕まえられたのは、間違いなくカミラさんたちの魔法講習のおかげだ。あの講習を受けたから、魔力の制御《せいぎょ》がうまくなった。

僕もリズも、より高火力の魔法をコントロールできるようになったんだから。

「剣に魔力を込めたら、材質を変えちまったんだってな」

どうやらジンさんたちは、ヘンリー様から話を聞いたらしい。僕たちが普通の鉄の剣を魔鉄に変えたことも教えられたみたいで、とても驚いていた。

僕はダガーを取り出してテーブルの上に置く。

「うーん、確かに魔鉄でできていますね」

「親方の名前まで彫《ほ》ってある。相当気合が入っているわ」

ルリアンさんとナンシーさんが苦笑した。

「リズが魔力込めるとこ、見る？　他の素材ならどうなるかなー」

しばらく話をしていると、ジュースを飲んでいたリズがボソッと呟いた。

とんでもない爆弾発言《ばくだんはつげん》だ。

「ちょっと、リズ！　それは――」

「面白そうだな。時間もあるし、試してみるか！」

僕が止めるより早く、ジンさんが乗り気になってしまう。

ギルドの売店で安い武器をいくつか買い、いろいろ実験することになった。

とはいえ、人目につく場所でやるわけにはいかない。

そこでジンさんたち同様、僕とリズの秘密を知っている冒険者ギルドのマスター、ベイルさんに頼んで、訓練場を借りることにしたんだけど……

「へえ、武器の強化を……俺も興味がある。ぜひ見学させてくれ」

「私も奇跡《きせき》の瞬間を見たいわ」

なんと、ベイルさんと副マスターのマリーさんも「監視《かんし》」という名目で見に来ることに。

ベイルさんは武器マニアだそうで、ワクワクした顔で訓練場の人払《ひとばら》いを済ませてくれた。

「やるぞー！」

早速訓練場に入り、まずはリズが挑戦。鉄でできたナイフに魔力を通していく。

キラリーン！

リズが集中すると、すぐに刀身が光り輝いた。あっという間に特製ナイフの完成だ。

出来上がったものを、リズはベイルさんに渡す。

切れ味を確認するために、彼は分厚《ぶあつ》い木の板を持ち込んでいた。

ナイフを板に当てると、まるで紙を切っているかのようにすんなりと刃が通る。

「おい、マジかよ！」

ベイルさんが声を上げた。全然力を込めていないのに、物凄い切れ味だ。

「なんか、想像以上にとんでもないな……」

「逸品《いっぴん》といっても差し支《つか》えないわね」

ジンさんとレイナさんも、ナイフの性能にビックリしている。

次は、木製の武器に魔力を込められるか試す。金属じゃないけど……果たしてどうなるか。

僕はジンさんから短めのマジックロッド……魔法使い用の杖を受け取り、気合を入れる。

「えい！」

キラキラーッとした魔力の光が、マジックロッドを薄く覆う。

「うん？　見た目は同じに見えるが……」

「いやいや、とんでもないわよ！」

ベイルさんはあまり変わっていないと思ったようだけど、カミラさんが首を横に振った。

マジックロッドを受け取った彼女は、訓練場の的《まと》を目掛けて【ファイアボール】を放つ。

これは初歩的な火属性魔法……のはずが、的に当たった途端、火の玉が爆《は》ぜて凄《すさ》まじい炎《ほのお》を上げた。

「この杖……魔法の威力《いりょく》を増幅するわ。使い手の練度《れんど》を問わない武器ね」

カミラさん曰《いわ》く、魔法使いにとって夢《ゆめ》のような武器らしい。

リズとスラちゃんもマジックロッドの強化を試した結果、物凄い杖は合計三本もできてしまった。

「うーん……どうもアレク君たちが魔力を込めると、あらゆる武器の性能を向上させそうだね」

「間違いなく、とんでもない能力です。もしもこのことがバレたら……アレク君たちに危険が迫ります」

ナンシーさんの推測に、ルリアンさんが同意を示す。大人のみんなは真顔で頷《うなず》いた。

正直、僕も同感だ。

これ以上はやめておこう。そう思っていたのに、リズが余計なことを言い出した。

「お兄ちゃん！　お兄ちゃんとリズとスラちゃんで一緒にやってみようよ！　強い杖ができるかも！」

ベイルさんは「もうお腹《なか》いっぱい」という顔をしていたけれど……リズがぐずりかけたので、渋々《しぶしぶ》許可を出してくれた。

もし彼が駄目だと言ったところで、リズは諦《あきら》めなかっただろう。こっそりやられるくらいなら、大人がそばにいるうちに試したほうがマシ、と判断したみたいだ。

ということで、僕たち三人はマジックロッドに手を添《そ》える。

号令を担当するのは、凄く張り切っているリズだ。

「いくよ！　せーの！」

キラキラキラー！

その瞬間、杖がひときわ強い光を発した。

先に試したものと違って、僕たちが魔力を込め終わった後も派手に光り輝いている……ただの杖だったよね、これ？

僕だけに見えている幻覚《げんかく》だと思いたい。

出来上がったマジックロッドで、カミラさんに魔法の試し打ちをしてもらう。

「ふふふ……素人でもこの国有数の大魔法使いになれる、まさに国宝級《こくほうきゅう》の代物《しろもの》だわ……」

引き攣《つ》った笑みを浮かべ、カミラさんが使用感をコメントした。

うわあ、国宝級って……！

カミラさんは早々に僕に杖を返してきた。こんな杖、おっかなくて持っていられない……ということらしい。

見た目は安っぽいマジックロッドなのに、オーラが神々《こうごう》しいんだよね。

「アレク、この杖は性能がよすぎる。一個人が所有していると、目を付けられかねん」

「はい、僕もそう思います。これは王家の人に差し上げます」

「そうするといい」

かくして、僕たちの魔力が詰まったマジックロッドは、ベイルさんの推薦《すいせん》で王家に献上《けんじょう》することになった。

ちょうどエレノアの誕生日が近い。彼女へのプレゼントにしよう。

その他、特製ナイフはレイナさんへ、三本の杖はカミラさんたちに譲《ゆず》ることにした。

「俺はいらんぞ。こんな武器、絶対に持ちたくない！　使い方を間違えたらどうなることか……」

ジンさんはそう言って、僕たちが作った武器を頑《がん》として受け取ろうとしなかった。

Aランク冒険者である彼がここまで警戒するんだから、本当に危《あぶ》ないんだろう。

「リズ、スラちゃん。とっても危険だから、武器に魔力を込めるのは禁止ね。僕が『いい』って言う時以外、力を使っちゃ駄目だよ」

すぐに僕はリズたちに注意した。

「えー！　この前買った木剣《ぼっけん》は駄目？」

「あれは練習用だからいいけど……ほどほどにしてね」

いろいろ試したことで、ひとまず満足したみたいだし……二人とも、言われたことは守るはず。

「ベイルさん、ヘンリー様には僕が伝えておきます」

「俺もあとで手紙を書いておく。お前たち！　今日のことは絶対に言い触らすなよ」

ベイルさんがみんなに箝口令《かんこうれい》を敷《し》いた。その言葉に、マリーさんとジンさんが頷く。

「怖くて喋《しゃべ》れませんよ。国家機密に相当しますもの」

「同感だ。アレクたちと出会ってから、秘密ばっかり増えていく……」

僕も不用意に誰かに話すつもりはない。言うとしても、ティナおばあ様くらいかな。

国宝級と言われたマジックロッドは、王家に献上するまで木箱に入れて保管しておこう。

ちなみに……屋敷に帰った僕が今日の出来事を報告すると、ヘンリー様は無言で通信用の魔導具を取り出し、王城に連絡した。

案の定、陛下から僕とリズに緊急招集《きんきゅうしょうしゅう》がかかる。

当初の予定を繰《く》り上《あ》げ、僕たちは明日の朝イチで王城に行くことになったのだった。

◆◇◆

翌朝。【ゲート】を繋ぎ、僕とリズとスラちゃんは王城に向かった。

転移した先……ティナおばあ様の私室には、苦笑する部屋の主と真顔の陛下が待ち構えていた。

「すぐ終わる」

そう言うと、陛下は僕の手を引いて部屋を出た。リズのことはティナおばあ様とスラちゃんに任せよう。

廊下《ろうか》を歩きながら、こっそり陛下を見上げる。その横顔にはくっきりと隈《くま》が浮かんでいた。

部屋を出発してからというもの、陛下はずっと無言だ。

これは……武器の件で叱《しか》られるのかなぁ。

やがて応接室に辿り着いた。早速中に入る。

僕がソファに座ると、陛下はため息をついた。

「ヘンリーから話は聞いた。とんでもないものを作ったそうだな」

「ごめんなさい。こんなことになるとは思ってなくて……」

僕が頭を下げると、陛下は首を横に振った。

「怒るつもりはないゆえ、そう落ち込まなくていい……怖がらせてしまったな、すまない。最近いろいろと忙しくてな、余裕を失《な》くしていた」

逆に謝られたので困ってしまう。バイザー伯爵夫妻のやらかしの後始末をお願いしているわけだし、陛下も大変なのかも。

そんなことを思っていると、陛下が少し口角を上げた。

「お前たちは本当に天才だな。大量の魔力を込め、素材の材質を変えることができるなんて……今回の件で我が国の魔法研究はいっそう進むだろう。国立アカデミーでも研究するよう指示を出したのだ。それでだ、ひときわ性能が高いものをエレノアの誕生日プレゼントにするつもりだと聞いたが……どんなものだ？」

王立学園の上位組織である国立アカデミーで調査するほど、これって凄いことだったのか……

僕は魔法袋から木箱を取り出した。箱を開《あ》けてマジックロッドを差し出すと、陛下が控《ひか》えていた侍従を手招《てまね》きする。

侍従はマジックロッドを手に取り、【鑑定】をかけた。

「へ、陛下、ホーエンハイム辺境伯様からのご報告通りです！　このマジックロッド、一見するとただの木の杖ですが、まさに国宝級の性能を秘《ひ》めております！」

とんでもなく驚いたのか、侍従は額に汗をかいている。

陛下はマジックロッドに視線をやり、眉根を寄せた。

「うーむ……そうなると、幼いエレノアに扱いきれるのか不安だな。もっと性能を落としたプレゼントにしたほうがよさそうだ」

「僕やリズだけの魔力を込めた杖なら、パワーは落ちます。あとは……魔法袋なんてどうでしょう？」

僕たちが作る魔法袋は、他の魔法使いが作るものより高性能だ。容量は底なしに近いから、あって困ることはないはず。

「それがいいだろう。あのマジックロッドは王家に対する献上品として受け取るが、しばらくは誰にも使わせまい。追々扱いを決めていこう」

「はっ、承知いたしました、陛下。このマジックロッドは宝物庫に運びましょう」

陛下の言葉に、侍従がかしこまって答えた。

三人で作ったマジックロッドは厳重に封印されることになってしまった。陛下の言う通り、エレノアには僕の魔力を込めたマジックロッドと、リズとスラちゃんが作った魔法袋をあげよう。

これで話はおしまいみたい。

僕は応接室を出て、リズとスラちゃんのもとへ向かう。どうやら二人はティナおばあ様と共に勉強部屋に向かったらしい。

部屋に着くと、リズが飛びついてきた。

「お兄ちゃん、お話終わった？」

「終わったよ。エレノア、誕生日プレゼントを楽しみにしていてね」

リズと一緒に勉強していたエレノアにも声をかける。彼女は満面の笑みを浮かべた。

「アレクお兄ちゃん、ありがとー！」

こうして、僕たちのとんでもない武器作りはひとまず解決したのだった。


勉強を終えると、すっかり昼食の時間だった。

「卵がふわふわでおいしいね！」

「もっといっぱい食べられるの！」

もぐもぐもぐ。

今日の昼食はオムライス。リズとエレノアは僕の両隣に座り、おいしそうにご飯を頬張《ほおば》る。

向かい側に座っているエレノアの腹違いの兄姉《けいし》……ルーカスお兄様とルーシーお姉様もおいしそうにオムライスを食べていた。

「ふふ、おかわりをしてもいいのよ」

僕たちのことを、ティナおばあ様がにこやかに見つめる。

新たなトラブルは、食堂でランチをしている時に起こった。

ガチャ。

「ふう、疲れたな」

「そうですな。この件ばかりはなかなか……エレノア様のことも考えねばなりませんから」

食堂の扉が開き、陛下とニース宰相《さいしょう》が入ってきた。

どうやら会議があったらしく、かなりお疲れモードだ。

「父上、どうしたんですか？」

「いや何、ちょっと急ぎのことがあってな」

ルーカスお兄様の質問を陛下がごまかす。ただ、息子に答える声には覇気《はき》がない。

朝会った時よりさらに疲れた顔をしているような……「最近忙しい」って言っていたし、それ絡《がら》みかな。

あるいは、何か新しいトラブルが発生したのかも。

僕が思いを巡らせていると、ここで勘のいいリズが鋭い質問をする。

「エレノアってことは、もしかして今度の誕生日パーティーのお話？　何かあるの？」

「そうだ。闇《やみ》ギルドの襲撃が計画されていたとあっては、会場警備の見直しが……あっ」

愚痴《ぐち》のようなその言葉を、全員がはっきりと聞いてしまった。

エレノアの誕生日パーティーで、闇ギルドの襲撃が計画されている？

闇ギルドとは、非常に悪名高い犯罪組織だ。禁止されているはずの奴隷《どれい》を売買したり、各地で紛《ふん》争《そう》を起こしたり……悪い人たちの集まりだと聞く。それがどうして？

とんでもない失言をした陛下に、ニース宰相が愕然《がくぜん》としている。陛下は水の入ったコップを持ったまま身を硬《かた》くし、分かりやすく「しまった！」という顔をした。

ティナおばあ様は、あちゃー！　と頭を抱えていた。どうやら大人たちはこのことを知っていたみたいだ。

「襲撃って……一体どういうことですか⁉」

「危ない人が来るんですか？」

「悪い人が来るの？」

「それならリズがやっつけるよ！」

「分かった、分かった！　説明するから落ち着け！」

椅子を飛び下り、ルーカスお兄様、ルーシーお姉様、エレノア、リズが一斉に陛下に詰め寄る。

子どもたちの勢いに負け、陛下は観念《かんねん》したみたいだ。

質問攻めに乗り遅れた僕とスラちゃんとしても、この件はとっても興味がある。

「バイザー伯爵――ゲインが連れていた護衛の男を尋問《じんもん》したのだ。すると彼奴《きゃつ》は『エレノアの誕生日パーティーで襲撃を計画している』と吐《は》きおった」

形だけではあるものの、ゲインは闇ギルドの幹《かん》部《ぶ》だった。彼とその妻であるノラに仕えていた護衛は、組織の暗部を知っていたらしい。

「大変じゃないですか！　父上、なんでそんなに大切な話を黙《だま》っていたんですか？」

「……子どもに話すようなことではないからだ」

陛下がルーカスお兄様の頭をポンポンと撫で、答える。確かにこれは大事《おおごと》だ。

でも……僕としては事前に教えてほしかったな。

自分たちにも関わることを、「子どもだから」と教えてもらえないのは嫌だ。幼いけれど王家の一員としての自覚があるルーカスお兄様とルーシーお姉様、エレノアだってそうだろう。

もし何かあった時、覚悟ができているのといないのとじゃ、全然違うと思うよ。

「おばあちゃん……リズ、なんとかしたいの。エレノアは大切なお友達だもん。嫌な思いをしてほしくない……」

涙目《なみだめ》で訴《うった》えるリズ。僕も同じ気持ちだ。

椅子を下りて、ティナおばあ様に近づく。

「ティナおばあ様、僕も見過ごせません。僕たち、とても強いです！　パーティーに参加させてくれたら、エレノアを守ります！」

「危ないから駄目よ！　って、その不満そうなお顔……二人とも、こっそりパーティーに潜《もぐ》り込むつもりね？」

僕たちが素直に頷くと、ティナおばあ様はため息をついた。

「……仕方がないから、ブリックス子爵家《ししゃくけ》の一員としてパーティーに招待します。でも、無茶はしちゃ駄目よ」

ブリックス子爵家とは、僕とリズのもう一人のおばあちゃんの生家。僕たちとは血が繋がった親戚《しんせき》だ。

僕の母方の祖父母——王家の傍流《ぼうりゅう》であるグロスター侯爵《こうしゃく》夫妻《ふさい》の孫として僕を紹介したり、ティナおばあ様の孫としてリズを紹介したりするよりは、目立たずにパーティーへ参加できると判断したらしい。

ということで、僕とリズもエレノアの誕生日パーティーに出席することになった。

「アレクたちも来るみたいだけど……僕だってお兄ちゃんなんだから、エレノアを守ってあげる！」

「もちろん、私もよ。お姉ちゃんがいるから、怖いことなんてないのよ」

「ありがとうなの！」

ルーカスお兄様とルーシーお姉様に頭を撫でられ、エレノアがニコニコした。

妹のことが心配になる気持ち、僕にもよく分かる。

ガチャ。

その時、食堂の扉が開き、新たなお客さんがやってきた。

「あらあら、みんな楽しそうね」

「ふふ、何かあったのかな？」

ルーカスお兄様とルーシーお姉様のお母さんであるビクトリア様と、エレノアのお母さんのアリア様だ。

僕たちがエレノアを囲んでわいわいと騒《さわ》いでいるのを見て、ビクトリア様とアリア様は微笑んだ。

しかし、ティナおばあ様が事情を説明すると、あっという間に笑顔が消える。

真顔になった二人は陛下に近寄った。

「あなた？　今回の件は、水面下で事を進めるはずではありませんでしたか？　それをあっさりとバラすとは……」

「私たちから大切なお話があります」

気のせいかな？　ビクトリア様とアリア様から、般若《はんにゃ》のような怖ーい圧を感じるんだけど……

「あの、その、これはだな――」

言い訳しようとする陛下を、僕たちは黙って見守る。

ビクトリア様とアリア様が彼の両腕を掴《つか》んだ。

ズルズルズル……パタン。

奥さんたちに引きずられ、陛下は食堂を出ていった。

「行っちゃった……」

「行っちゃったの」

閉まったドアを見つめ、リズとエレノアがぽつりとこぼしたコメントが印象的だった。

「はいはい、せっかくのオムライスが冷《さ》めちゃうわ。みんな、食事に戻ってね」

ティナおばあ様の一言で、僕たちは再び席に着いた。

「パーティーってめんどくさいの。挨拶ばっかりでつまらないの」

「うん、僕もよく分かるよ。たくさん人が囲んでくるもん……」

「エレノアとお兄様の言う通り！　ずっとニコニコしないといけないから、お口が痛くなっちゃうよね」

その後は、王家の子どもたちからパーティーへの愚痴を延々と聞かされた。

ルーカスお兄様とルーシーお姉様はともかく……今回は主役となるはずのエレノアも、かなりつまらなそうだ。

昼食後はみんなで遊んだり、お昼寝をしたりして過ごした。

僕とリズはティナおばあ様の部屋にお泊まりして、翌日ホーエンハイム辺境伯領に帰ったんだけど……最後まで食堂を出ていった陛下を見ることはなかったのだった。

◆
◇
◆

そんなやり取りから数日後。

あっという間に、エレノアの誕生日パーティー当日になった。

襲撃に備《そな》えた打ち合わせをするために、僕たちは早めに王城に向かう。

パーティーには辺境伯であるヘンリー様と、奥さんであるイザベラ様も参加する。いつもはリズと二人で転移することが多いけど、今日は彼らも一緒だ。

「【ゲート】って便利ねえ。もっとも、こうして遠距離を繋げるアレク君が凄いんでしょうけど」

初めて【ゲート】を使ったイザベラ様はとてもビックリしていた。今までは何日もかけて辺境伯領と王都とを移動していたそうだから、驚くのも無理はない。

僕たちはいつもと同じように、ティナおばあ様の私室に出た。

部屋の主に向かって、イザベラ様は深々とお辞儀《じぎ》をする。

「ティナ様。いつもアレク君とリズちゃんの面倒を見ていただき、ありがとうございます」

「頭を上げてちょうだい。こちらこそ、二人を保護してくれて本当に感謝しているの。イザベラさんにはとても助けられていますわ」

二人は僕とリズという共通の話題で盛り上がっている。

ちなみにヘンリー様は陛下とお話があるそうで、挨拶もそこそこにすぐにいなくなってしまった。

正装に着替えてきた辺境伯夫婦と違って、僕とリズはまだ普段着だ。

ティナおばあ様から「ぜひ着てほしい服がある」と聞かされていたんだけど……

侍従に手伝ってもらいながらパーティー用の衣装に着替える。僕は白いシャツと半ズボンをはいてジャケットを羽織《はお》った。

リズは髪までセットしてもらって、お姫様のような淡《あわ》いピンク色のドレスを着ている。

僕たちがその場でくるっと回ってみせると、ティナおばあ様とイザベラ様は目をキラキラと輝かせた。

「うんうん、二人ともよく似合っているわ！　この服、我が国の最新デザインなのよ～！　サイズもいい感じね」

「本当ですね。アレク君もリズちゃんもとっても可愛いわ」

うう……ティナおばあ様もイザベラ様も、そんなに褒めなくていいのに。

今日の主役はエレノアなんだ。僕たちを持ち上げるのは、ほどほどにしてほしい。

確かに、着飾《きかざ》ったリズはお姫様みたいにとても可愛いけど。

照《て》れくさい気分になっている僕の隣で、着替えを手伝ってくれた侍従は満足そうな顔をしていた。

「そういえば、スラちゃんはお留守番《るすばん》なのかしら？　こっちに来る時、連れてこなかったようだけど……」

イザベラ様に質問を受けた。

彼女の言う通り、スラちゃんはこの場にいない。なぜなら、すでにお仕事に向かったからだ。

「スラちゃんは一足先に王城へ向かったんです。エレノアの護衛をするために」

これは陛下からスラちゃんに対する指名依頼だ。実はスラちゃんは今朝のうちに王城へ送り届けている。

『いくらアレクとリズが強いからとはいえ、幼い子どもに危険な任務をさせるわけにはいかない』……とは、この依頼を持ってきた時の陛下の言葉だ。

駄々《だだ》をこねてパーティーに参加することになった僕たちだけど、戦闘にはなるべく参加しないよう言われている。代わりに、リズの従魔であるスラちゃんがエレノアのそばで護衛をするのだ。

スラちゃん、凄く張り切っていたっけ。去《さ》り際《ぎわ》、僕とリズに向かって触手でガッツポーズをしていたし。

イザベラ様はヘンリー様のところに向かうそうなので、ここで一度お別れだ。

彼女と入れ替わるようにして、近衛騎士《このえきし》のお姉さんが入ってきた。

「アレクサンダー様、エリザベス様。本日は私たちが会場の護衛に入ります。お二人のことも守りますので、どうぞよろしくお願いします」

名前は知らないけど、この人とは何回か話したことがある。

今日は、王族の……現国王の娘が主役というだけあって、警備は王国軍と近衛騎士が中心になるらしい。顔見知りの人が多く警備に付くそうなので、僕としても安心だ。

パーティーが始まるまで、まだ時間がある。

「先に会場をご覧になりますか？　よろしければご案内しましょう」

「はい、よろしくお願いします。ティナおばあ様、行ってきます」

「おばあちゃん、行ってきます！」

「気をつけてね。あとで会場で会いましょう」

ティナおばあ様と別れ、僕とリズは近衛騎士のお姉さんと一緒にパーティー会場に向かった。

パーティー開始に向けて、会場となる大ホールではたくさんの侍従とメイドが忙しそうに働いていた。

パッと見、すでにほとんど準備は終わっていそうだ。

「ここが本日の会場となります。陛下やエレノア様といった王家の方々は、正面入り口から一番奥の席になりますね」

「すっごく広い会場ですね」

「ええ。席は上位貴族から順に王族の近いところに案内されます。ホーエンハイム辺境伯ご夫妻も上位貴族となりますので、奥の方のお席になりますね」

ブリックス子爵家は、会場の真ん中あたりになるようだ。エレノアやヘンリー様がいる場所とは遠いけど、その代わりに会場を広く見渡せる。

今回のパーティーには百に近い数の貴族家が招待されているのだとか。ただ、遠方だから来られなかったり、事情があったりで断ってくる貴族もたくさんいるらしい。それにしても大きな会場だ。

近衛騎士のお姉さんの説明が一段落したところで、僕とリズは会場を見て回る。

行き交《か》う侍従とメイドを見上げると、ふと違和感を覚えた。

あの侍従、テーブルの上のグラスを並べているけど……

「お姉さん、今テーブルに置かれている食器とグラスって、パーティーで実際に使われるんですか？　お客さんが来てから並べるんじゃなくて……」

「はい、そうですが。何かございましたか？」

僕とリズはとあるテーブルに向かう。近衛騎士のお姉さんは不思議そうな顔をしてついてきた。

椅子に乗って間近でグラスを確かめ、確信を持った。

「グラスのふちに毒が塗《ぬ》られています。【鑑定】を使って確認しました」

「このままだと、お腹が痛くなっちゃうよ」

僕とリズが言うと、お姉さんは目を見張った。

さっきの侍従はグラスを並べ直すふりをして、手持ちのものと入れ替えていた。最初は傷でもついていたのかな？　と思ったけど、今やどう考えても怪《あや》しい。

「えっ!?　本当ですか？　……そこのあなた、ちょっと【鑑定】が使える者を呼んできてくれる？」

お姉さんが少し離れたところに立っていたメイドにお願いした、その時だった。

じっとりと体にまとわりつくような、嫌な視線を感じる！

僕とリズはほとんど同時に振り向いた。グラスを置いた侍従がこちらを睨《にら》んでいる。

「くっ！」

侍従は踵《きびす》を返して逃げ出した。

「こらー！　待てー！」

「あっ、リズ！　一人で行かないで！」

身体能力を向上させる【身体強化《しんたいきょうか》】を使い、リズが駆け出した。

メイドとの話を終えて振り返ったお姉さんが、走り出したリズを見て慌てて声を上げる。

「エリザベス様!?　い、一体どうされたのですか？」

怪しい侍従を追いかけて、リズはあっという間に会場を出ていってしまった。

「逃げ出した人、毒を盛った犯人なんです！　追いかけていっちゃって……」

「なんと！　あなたたち、エリザベス様を追って！」

「「はっ！」」

お姉さんの指示で、会場の隅で控えていた騎士たちが走っていった。

リズは強いからきっと大丈夫だと思う。むしろ、広大なお城の中で迷子にならないか不安だ。

「怪しい侍従はマーカーを付けたので、僕の【探索《たんさく》】でも追えると思います」

「アレクサンダー様もエリザベス様も、本当に規格外ですね……」

お姉さんは少し呆れた表情だ。

メイドが連れてきた近衛騎士のおじさんが、グラスに【鑑定】をかける。

「……確かに下剤《げざい》が塗られているようですね。無色透明かつごく少量だというのに……アレクサンダー様はよく異変に気づかれましたな」

「なんだか侍従が人目を気にしているようだったので、違和感を覚えたんです。多分、リズは勘で分かったんだと思います」

「勘……我々の立場がありませんな……」

「事情は分かりませんが、とんでもなく冷静なお坊《ぼっ》ちゃんですね……？」

おじさんとメイドがまじまじと僕を見つめる。二人の表情からは、心の中で「なんだこの変なちびっ子は」と思っていることがありありと伝わってきた。

あの……その眼差しはさすがに傷つきますよ？

ちょうどその時、軍務卿のブレア様が息を切らして会場に駆け込んできた。

「アレク君、よくやった！」

王族の誕生日パーティーに怪しい侍従が紛《まぎ》れ込んでいたとなると、ブレア様といえども慌てるんだね。

「グラスが入れ替えられたのはこのテーブルだけです。怪しい人、すぐに捕まえられなかったけど……」

「リズちゃんが犯人を追っているんだろ？　先ほど報告があったぞ」

ブレア様はリズの猪突猛進《ちょとつもうしん》な性格をよく知っている。「またかよ」と言いたげだ。

「実は犯人を【鑑定】したんです。そしたら、勤め先の貴族家が分かって――」

「もしかして、『ベストール』じゃないか？」

僕が教える前に、ブレア様はその家名を口にした。

あっさり正解を言われちゃったので、少し驚いてしまう。

「ベストール侯爵《こうしゃく》は浅《あさ》はかな男でな……先の騒動で、バイザー伯爵家が爵位返上《しゃくいへんじょう》となっただろう？　その動きを察知して、これを機に王家の評判を落とそうと、トラブルを起こす気がしていたんだ」

「昔から、いい噂がちっともない貴族家ですからな」

「特に現当主になってからは……評判は最悪です」

おおう……ブレア様だけでなく近衛騎士のおじさんとお姉さんも、ベストール侯爵をボロクソに言う。それだけ悪名高いのだろう。

僕はベストール侯爵に会ったことがない。ブレア様によれば、丸々と肥《こ》えた中年男性らしい。

「ブレア様、これは……」

「どう考えてもクロだな。ベストール侯爵を引っ張ろう。今日のパーティーにも出席するはずだから……今頃、控え室にいるはずだ」

「はっ、承知いたしました」

　ブレア様の言葉で、近衛騎士のおじさんが去っていく。ベストール侯爵も、言い逃れはできないだろう。

　あっ、でもちょっと疑問が……僕は小声で尋ねる。

「ブレア様、これって闇ギルド絡みじゃないですよね？」

　僕とリズがパーティーに参加することになったのは、闇ギルドの襲撃からエレノアを守るためだ。ベストール侯爵が一服盛ろうとしたのとは関係がないはず。

「おそらく……というか、まったくの別件だろう。この際だから、会場内の警備に回す人員を増やそう」

「ええ。会場内に危険物を持ち込む来賓《らいひん》がいないか、要チェックですね」

　おお、さすがブレア様と近衛騎士のお姉さん！　不手際があっても、すぐに解決策を考えついたみたいだ。

　お姉さんが警備計画の変更を伝えるため、他の近衛騎士たちに声をかけに行った。

「お兄ちゃん、ただいま！」

　そうこうしているうちに、元気いっぱいのリズが戻ってきた。リズはほくほくしているけど、後ろに控えている兵士たちはなんだか疲れ切った表情だ。

「あっ、ブレア様も来たんだね！　リズねー、悪い犯人さんも、豚《ぶた》みたいな貴族の人も倒したんだよ！」

「そうか。怪我がなくてよかっ……うん？　倒した？」

「そう、倒したの！」

おい、リズよ。あの侍従はともかく、まさかベストール侯爵まで倒したってこと？　僕もブレア様も全然理解が追いつかない。

事の詳細は、疲労をにじませた兵士が教えてくれた。

「侍従が逃げ込んだ先が、ベストール侯爵が滞在していた控え室だったようでして。エリザベス様は鍵がかかったドアを蹴破《けやぶ》り、彼らを追い詰めました」

この時点で僕はめまいがしたけど、続く話はさらに凄かった。

「侍従はナイフを手にこちらを襲《おそ》ってきましたが、エリザベス様に蹴り飛ばされて一撃でノックアウト。剣を抜き、斬りかかってきたベストール侯爵についても同様で……エリザベス様は自らの拳で剣を叩き折り、そのまま彼を吹き飛ばしたのです」

【身体強化】で身体能力を底上げしたリズは非常にすばしっこく、守ろうとしてくれた兵士たちさえ置き去りにして一人で片を付けてしまったみたいだ。

「えっへん！」

僕とブレア様は、思わずため息をついてしまった。

リズ、腰《こし》に手を当ててドヤ顔するんじゃない。まったく、どれだけ大立ち回りをしたんだか。

ちびっ子に素手で剣を叩き折られて、ベストール侯爵もビックリしただろうな……

「現在、部屋は立入禁止にしています。騒動を聞いてか、陛下が様子を見にいらっしゃいましたが……『余《よ》は何も見なかったことにする』とおっしゃっておられました」

「……リズ、陛下にドアを壊《こわ》したことは謝った？」

お兄ちゃんとして、いろいろ注意すべきなんだろうけど……驚きすぎて頭が回らない。

「ちゃんとごめんなさいしたよ！　他は何も壊していないもん」

それはよかった……あとで僕からも謝っておこう。

「さて、まだ不審者《ふしんしゃ》がいる可能性がある。パーティー会場だけでなく、王城内すべてにおいて厳重に警戒するように！」

「「はい！」」

ブレア様が集まったみんなに檄《げき》を飛ばした。それに力強く応《こた》え、兵士たちはそれぞれの持ち場に散っていく。

「悪い人は全部リズがやっつけるよ！」

「いや、リズちゃんは少し自重《じちょう》してくれ」

ブレア様に注意されてリズは膨《ふく》れっ面《つら》になったけど、ブレア様のほうが正しいぞ。僕らはあくまでも万が一の備えなんだから。

それから二時間ほどが経過した。エレノアの誕生日パーティーの開始時刻が迫り、次々と招待客が会場にやってくる。

会場の入り口で、僕とリズはブリックス子爵夫妻と合流した。席に移動しながら僕は小声で話しかける。

「おじ様、おば様、急に保護者役をお願いしてしまってごめんなさい。きっと危ないのに……」

「事情は陛下から聞いているから、気にしなくていいぞ。今日は周囲に親戚の子として紹介するが、実際に二人がそうなのは間違いないからな。いつか君たちの存在を公表する時の練習になるよ」

そう言って、おじ様は目を細めた。

「それに二人の素敵《すてき》なお洋服が見られたんだもの。このくらいへっちゃらよ。リズちゃんの髪形、とっても可愛いわ」

「えへへー！」

今のところ、会場に入ってきた貴族たちの中で僕とリズを気にする人はほとんどいない。

「おお、二人ともよく似合っているのう」

「ええ。初めて会った時に着ていた冒険者のお洋服もとてもかっこよかったけど、きちんとした服も素敵だわ」

ニコニコしながら僕たちに声をかけてきたのは、グロスター侯爵夫妻——僕の母方のおじい様とおばあ様だった。

「あっ、おじいちゃんとおばあちゃんだ！」

はしゃぐリズとお辞儀をする僕の頭を、順々に撫でてくれる。

「二人がとっても強いのは分かっているが、くれぐれも無理をするでないぞ」

「せっかく来たのだから、パーティーも楽しんでいくといいわ」

他の貴族へ挨拶に行かなくちゃいけないそうで、おじい様とおばあ様は名残惜《なごりお》しそうに去っていった。

会場内にどんどん人が増えてきた。中にはヘンリー様とイザベラ様の姿がある。ただ、他の貴族に囲まれてしまっているようで、僕たちのところには来られなさそうだ。

上位貴族ともなると、面倒くさい付き合いが多いんだな……

やがてすべての貴族が会場に入ったみたいだ。一度会場の照明が絞《しぼ》られ、あたりが少し暗《くら》くなる。

「国王陛下と王妃様、並びにご子息とご息女の入場です」

係《かかり》の人のアナウンスで、王族一家がやってきた。

座っていたすべての貴族が立ち上がり、頭《こうべ》を垂れる。僕とリズも慌てて頭を下げた。

陛下はいつもよりさらに豪華《ごうか》な衣装を着ていた。アリア様とエレノアは綺麗なドレスで着飾っている。

エレノアが着ているのは薄《うす》い青色の楚々《そそ》としたドレスだ。ネックレスやティアラなどのアクセサリーも身につけており、まさに本日の主役！　といった感じだ。

ビクトリア様とルーカスお兄様、ルーシーお姉様も品のある洋服を身に纏っている。ただ、エレノアに比べると装飾品《そうしょく》が控えめだ。

エレノアの後ろを、スラちゃんがちょこちょことついていく。

「なんでスライムが？」と貴族たちがひそひそ話《ばなし》をしていたけれど、表立って聞けないみたい。それよりも「エレノア様があんなに元気そうに……」という感慨深《かんがいぶか》そうな声のほうが多かった。

僕とリズが【合体回復魔法】で治してあげるまで、エレノアはとても病弱だったのだという。今の元気いっぱいな姿からは想像がつかないけどね。

一番奥の席に着き、陛下が会場を見渡す。

「皆の者、楽にせよ。今日はエレノアの四歳の誕生日パーティーだ。こうして無事にこの日を迎えたことを神に感謝し、乾杯《かんぱい》としよう。乾杯！」

「「乾杯！」」

陛下の音頭《おんど》でパーティーが始まった。会場に音楽が流れ出すと、一気に騒がしくなる。

招待された貴族たちが、一組ずつ陛下たちのもとに向かう。どうも上位貴族から順番に挨拶しているようだ。

……えっ、ここにいる全部の貴族家が挨拶に行くの？　何十人も来ているのに？

「挨拶ばっかりでつまらない」とエレノアが愚痴をこぼすはずだ。

僕はジュースを飲みながら、悪い人がいないか監視する。

「お兄ちゃん！　このお肉、柔《やわ》らかくてとってもおいしいよ」

リズが料理を頬張り、幸せそうに頬を押さえる。勘が鋭い彼女がこれだけ無警戒だということは……今は大丈夫ってことかな。

「リズちゃん、そろそろ陛下のところにご挨拶に行くぞ」

「はーい！」

しばらくすると、ブリックス子爵家が挨拶に行く番になった。おじ様に連れられて、僕たちも会場の奥に行く。

「このたびは誠《まこと》におめでとうございます。エレノア様のご健勝《けんしょう》とご多幸《たこう》を、お祈《いの》り申し上げます」

「うむ、ブリックス子爵家も駆けつけてくれてご苦労。大儀《たいぎ》である」

おじ様が仰々《ぎょうぎょう》しくお祝いの言葉を述べ、おば様と揃って陛下に頭を下げた。

なるほど……そういう感じで挨拶をすればいいんだね。

「エレノア王女殿下。四歳のお誕生日、誠におめでとうございます。こちらはプレゼントです。お納めください」

「……アレクお兄ちゃん、なんで変な喋り方なの？　いつもは『王女殿下』なんて言わないの」

「お兄ちゃん、とってもおかしいよ」

おじ様の真似をしつつマジックロッドと魔法袋を渡したら、エレノアとリズが不思議そうにこちらを見た。

「フフッ……」

そんな僕たちのやり取りに、ビクトリア様とアリア様が肩《かた》を震わせた。王家一家のそばの席に座っていたティナおばあ様も笑いを堪《こら》えている。エレノアの足元にいたスラちゃんは、ふるふると体を揺らして、僕のことをからかった。

みんな、酷い！　……でも、笑われているのに悪い気分じゃない。こうして誰かとパーティーを楽しむなんて、前世じゃ考えられなかったし。

このまま無事に終わってくれれば……と思ったけれど、そうは問屋《とんや》が卸《おろ》さなかった。

ブオン。

会場に不穏な音が響き渡った。

慌てて見上げると、空間が歪み出している。そこから黒い空気が漏《も》れ始めた。

「な、なんだあれは？」

「一体何が……」

あの空間の歪み……なんだか【ゲート】で移動する時と同じ雰囲気を感じる。

もしかして、何かが転移してこようとしている？

「皆様、壁際《かべぎわ》に寄ってください！」

「係の避難指示に従ってください！」

参加者が戸惑いの声を上げる中、会場を警備していた近衛騎士と兵士が招待客を誘導する。

陛下たちのもとにも近衛騎士が駆けてきた。

僕たちも避難を始めようとした、その時だった。

ミシミシ、パリーン！

ガラスが割れるように歪んだ空間にヒビが入り、一気に砕け散った。

「「「うわあ！」」」

放出された魔力が竜巻《たつまき》となって会場を襲《おそ》う。風にあおられて、壁に叩きつけられた人もいた。

僕は咄嗟《とっさ》に【魔法障壁《まほうしょうへき》】を最大出力で展開し、バリアを張った。王家のみんなやブリックス子爵夫妻が吹き飛ばされないように守る。

やがて風が収まると、宙《ちゅう》に二人の男性が浮かんでいた。

「ふう……この移動方法は荒《あら》っぽくて好《す》かんな」

「無理矢理転移したのだから仕方ないでしょう？　私だって、もう少しおとなしく登場したいわよ」

先に喋ったのはスキンヘッドの筋骨隆々《きんこつりゅうりゅう》な男。かなり大柄《おおがら》だ。

もう一人も筋肉ムキムキ。スキンヘッドの男に比べれば、しなやかな体つきなんだけど……

ウェーブのかかったピンク色の長髪に、真《ま》っ赤《か》な口紅《くちべに》をしているのが印象的だ。

「まさか……お主《ぬし》ら、ナンバーズか⁉」

「さすがは陛下、ご明察《めいさつ》。私の名はビーナス、彼はベッツよ。エレノア王女が誕生日パーティーを開くと聞いて、ご挨拶に伺ったわ」

「これはこれは。わざわざご足労《そくろう》いただいたようで、痛み入る」

ビーナスと名乗った襲撃者に対し、陛下が皮肉を返した。

……ナンバーズってなんだろう？　でも、今はそんなことを考えている場合じゃない。

立《た》ち居《い》振《ふ》る舞《ま》いで分かる。この人たち、かなり強い！　一筋縄《ひとすじなわ》ではいかなそうだ。

リズがビーナスに声をかけた。

「えーっと……綺麗なおに――お姉さん！　パーティーを邪魔《じゃま》しないで！」

「あらー！　『綺麗』だなんて、嬉《うれ》しいこと言ってくれるじゃない！　やっぱり幼い子ほど、私がか弱く美しい乙女であることが分かるのかしら」

鍛え上げられたビーナスの肉体からは、か弱さなんて微塵《みじん》も感じない……って、いけない、いけない。相手のペースになっちゃってる。

その時、ビーナスの陰《かげ》に隠れて、ベッツが拳を握るのが見えた。

……まさか！

【身体強化】を使ったベッツが一瞬で距離を詰め、陛下に殴《なぐ》りかかろうとした。

ガキーン！

「危ないことしないの！」

「そうだ！　いきなり攻撃してくるなんて……」

リズと僕は【魔法障壁】を再展開し、相手の強烈《きょうれつ》なパンチを防いだ。

「ほほう、俺の攻撃を防ぐとは。スライムまで【魔法障壁】を張るなんて大したものだ」

後ろを振り返ると、スラちゃんが王家のみんなとブリックス子爵夫妻を守るように【魔法障壁】を展開していた。

エレノアは僕が贈った誕生日プレゼント——マジックロッドを抱きしめるようにぎゅっと抱えている。

「ふふ、もしかしてあなたたち……ゲインが言っていた、アレクサンダー君とエリザベスちゃんかしら。ふふふ、とっても可愛いわ。思わず食べちゃいたいくらい、ね」

ビーナスが僕とリズを視界に捉え、唇《くちびる》をぺろりと舐《な》める。

凄まじいプレッシャーを感じる……！

「ゲインを捕らえるばかりか、ゴブリンキングを一撃で仕留めたというその強さ。うーん、エレノア王女へのご挨拶を防ぐなんて、とっても偉いわ！　私、あなたたちに会ってみたかったのよ」

ビーナスは僕たちのことを知っているみたいだ。

こちらを見据える眼差しに、皮膚《ひふ》がぞくぞくと粟立《あわだ》つ。

ビーナスとベッツは僕とリズに狙いを定めている。予告通りにエレノアを襲うためには、僕たちが邪魔だと思ったみたい。

とてもじゃないけれど、もう逃げられなさそうだ。

「スラちゃんは【魔法障壁】でみんなを守って。あの人たちは僕とリズがやっつけるから、他の人は避難を優先してください！」

今日は近衛騎士と兵士たちが会場の警備についていた。みんな、剣の柄に手をかけたり、杖を構えたりしてるけど……正直、ビーナスとベッツのほうが強い。

この人たちの相手をできるのは、この会場内で僕とリズだけだ。下手に手を出してもらうより、陛下たちや招待客の避難に専念してもらったほうがいい。

「ふふ、とってもいい判断だわ。アレク君は勇敢《ゆうかん》かつ年齢以上に聡明《そうめい》なのね……私としても、周りを巻き込むのは本望《ほんもう》じゃないの」

どこまで本気で言っているんだか。

不意にビーナスとベッツが物凄い勢いで突っ込んできた。

ブオン、ガキン！

「ぐっ！」

僕は二つの【魔法障壁】を展開し、二人の攻撃を弾《はじ》き飛ばす。

「あらあら、弾かれちゃった……私、あまりおいたはやりたくないのだけれど」

「だったら、すぐに帰ってよ」

ぶっきらぼうに返す。

ビーナスがニヤリと笑ったけど、僕たちだってやられてばかりいられない。

「いけー！」

リズが【ライトアロー】を発動し、光の矢を放った。

「魔法が上手ねー」

余裕の笑みを浮かべたビーナスは、【魔法障壁】で光の矢を打ち消した。

「リズ、できるだけ魔法で攻撃するのは避《さ》けよう。使うと、他の人に当たっちゃうかもしれない」

「任せて！　リズのパンチでぼこぼこにしちゃうよ！」

狙うは会場内を目まぐるしく駆け回る格闘戦《かくとうせん》だ。

僕たちは【身体強化】を使い、ビーナスとベッツに飛びかかった。

「えいえい！」

バシーン、ボコン！

「うむ、なかなかの威力だ」

リズのパンチとキックをベッツは軽々といなす。彼の反撃を、リズは俊敏《しゅんびん》に避けた。

「これで、どうだ！」

ブオン！

「あらあら、いっちょ前にフェイントまで入れるなんて。アレク君は最高ね」

フェイントを交《まじ》えながら、できるだけ距離を取って戦う。

それでも楽々と僕の攻撃を受け流すあたり、やはりビーナスはとても強い。

攻撃魔法を使わない状態じゃ、まったく勝てる気がしない。

相手の裏をかかないと……

決定打がなく膠着状態《こうちゃくじょうたい》に陥《おちい》った時、事態が動いた。

シュッ、シュイーン！

「おっと、時間切れか。二人とも、さすがの強さだな」

「攻撃魔法を使わずにここまでやれるんだから、ゲインごときじゃ相手になるはずもないわね」

急にベッツとビーナスの体が光り輝いた。二人の姿がどんどん薄くなっていく。

「エレノア王女を襲えなかったけど、これは仕方ないわね～。アレク君とリズちゃんがとても強いんだもの。今回は特殊《とくしゅ》な魔導具を使ってここに来たから、数分しかいられないわけだし」

目がくらみそうになるほどの光の中で、ビーナスは微笑んだ。

「また二人に会うのを楽しみにしているわ」

「じゃあな、小さな勇者たち」

ビーナスとベッツを包む光がよりいっそう強くなる。

「ま、待て……！」

僕が叫んだところで、魔導具による転移が止まるはずもない。

光が消えると、二人の姿は綺麗さっぱり消えていた。

「手の空《あ》いているものは、負傷者の救護を！」

「回復魔法を使える者は、怪我人《けがにん》の手当てを！」

ビーナスたちがいなくなり、会場を見渡す余裕ができた。そこかしこで近衛騎士の人たちが声を張り上げている。

どうやら、二人が出現した際の竜巻によって、怪我人が出ているみたいだ。

僕たちも助けてあげないと。

「お兄ちゃん、怪我した人を魔法で……ってあれ？」

走り出そうとしたリズが、すぐに足をもつれさせる。

「リズ！　わわっ！」

リズを支えようとして、僕までふらついてしまう。

まずい。【身体強化】をかけっぱなしで動き回っていたから、体が限界なんだ。

「お二人とも、危ない！」

床《ゆか》に倒れそうになった僕たちを、近衛騎士のお姉さんが抱き上げた。

肉体の疲労もあるけど……ずっと【身体強化】を使っていたため、魔力の消費が激しい。

僕たちは、お姉さんに抱っこされて陛下のもとに向かった。

「陛下、ごめんなさい。みんなを守れなくて……」

「いや、アレクとリズはよくやってくれた……無理をさせてしまい、本当にすまない。ナンバーズが現れたのにこの程度の被害で済むなんて、奇跡に近い。二人に非はない」

陛下はビーナスとベッツのことを知っているみたいだ。

当然だけど、パーティーは中止。

僕たちは近衛騎士のお姉さんに抱っこされたまま、会場の外へ避難することになった。王族一家やホーエンハイム辺境伯夫妻、ブリックス子爵家のおじ様とおば様も一緒だ。

大ホールを出て、少し離れたところにある控え室に入る。僕とリズはソファに下ろしてもらった。

控えていた侍従がジュースを出してくれたので、一口飲む……ようやく一息つけた。

すると、イザベラ様とティナおばあ様が僕たちのところに駆け寄ってきた。

「アレク君、リズちゃん、大丈夫？」

「とっても心配したのよ。怪我はしてない？」

イザベラ様たちは躊躇《ためら》いなく床に膝《ひざ》をつき、ソファに座った僕とリズを抱きしめる。

「ティナおばあ様、イザベラ様。く、苦しい……」

「むぎゅー……リズ、潰《つぶ》れちゃうよー！」

僕たちが悲鳴を上げると、二人は慌てて離れた。

「あら嫌だ！　私としたことが……アレク君、ごめんなさいね」

「おばあちゃん、力加減を間違えちゃったわ」

あ、危なかった。イザベラ様とティナおばあ様に思いっ切り抱きしめられて、息が止まるかと思った。

リズは顔が真っ赤になっている。きっと僕も同じだろう。

暗い顔で話をしていた陛下とヘンリー様は、僕たちの様子を見てちょっと笑った。

混乱が落ち着いたのか、エレノアも僕たちのところにやってくる。彼女の頭の上に乗っていたスラちゃんは、リズの頭の上にぴょんと飛び移《うつ》った。

「エレノア、怪我はなかった？」

「大丈夫なの！　アレクお兄ちゃんとリズとスラちゃんが、守ってくれたから！」

僕はリズと一緒にエレノアを抱きしめる。

そうこうしていると、控え室にブレア様が入ってきた。

ブレア様に耳打ちされた後、陛下は手を叩《たた》いて部屋にいるみんなの注目を集めた。

「まず、アレクとリズに礼を言わなければならないな。本当にありがとう」

陛下が僕たちに向かって頭を下げたところから話は始まった。

「まさか、ナンバーズが出てくるとは……二人がおらねば、甚大《じんだい》な被害が出ていただろう。警備体制を今一度見直さねばならんな」

陛下の言うことはもっともだ。

ビーナスとベッツ……彼らは間違いなく手を抜いていた。本気の戦闘になっていたら、僕とリズも周囲を顧《かえり》みる余裕なんてなかったに違いない。

そうだ！　そもそも聞いておかなくちゃいけないことがあったんだ。

「ナンバーズってなんですか？」

「ああ……反省するのは後にして、まずはその話をしないといけないな。ルーカス、ルーシー、エレノア。お前たちもよく聞くように」

陛下が自らの子どもたちにも声をかけた。よほど重要なことなのだろう。

「闇ギルドには、幹部を超《こ》えるほどの権力を持つ実力者がいる。それが通称『ナンバーズ』だ」

なんでも、ナンバーズは軍を挙《あ》げて捕縛《ほばく》に動かなければならないような要注意人物ばかり。何人いるかは不明であるものの、トップに立つ『巫女姫《みこひめ》』をはじめとした数人の顔は割《わ》れているらしい。

「ビーナスとベッツって、二人ともナンバーズなんですか？」

「ああ。あの二人は一番目撃情報が多い。おそらく、ナンバーズの中では比較的下《した》っ端《ぱ》なんだろうな……それでもかなりの実力者だ。闇ギルドと対峙《たいじ》する限り、避けては通れぬ連中だ」

あの強さで下っ端って……他のナンバーズはどれだけ強いんだろう。

陛下によれば、会場には空間属性の魔法——たとえば、僕がよく使う【ゲート】などの使用を封《ふう》じる結界が張ってあったそうだ。ビーナスの言葉から推察するに、二人が転移する際に用《もち》いた魔導具は、その結界を上回るほどの魔力を秘めていたらしい。

長期に亘《わた》ってあの魔導具に魔力を溜《た》め、一気に放出することで結界をこじ開けて転移してきた……というのが、会場を調べたブレア様の見立てだ。

「しばらくは襲撃がないと信じたい。その間に軍と近衛騎士のレベルアップを図《はか》らねばならんな」

「はっ、すぐに準備いたします」

陛下の言葉にブレア様が賛成する。これは……かなりのハードコースだろう。

近衛騎士のお姉さんが青ざめているのは、きっと気のせいじゃない。

あ、この騒ぎですっかり忘れてたけど……

「リズがぶっ飛ばしたベストール侯爵はどうなりました？」

「ああ、あの馬鹿か……」

陛下にまで馬鹿呼ばわりされるとは。本当に駄目な人だったみたいだ。

「グラスに塗られていたのは下剤だったが、一服盛ろうとしていたことに変わりないからな」

「軍の取り調べでは、『気に入らない貴族に恥《はじ》をかかせてやろうと思った。嫌がらせをするつもりだった』と答えている。どうしようもない男だ」

陛下とブレア様が交互に教えてくれた。

目的は小さかったとはいえ、王家主催のパーティーに毒を持ち込んだことは間違いない。ブレア様の口ぶりから察するに、これは厳罰《げんばつ》が下されそうだ。

うーん。僕たち、闇ギルドの襲撃からエレノアを守ろうとして別の犯罪を見つけちゃったわけだけど……内容が内容だけに同情の余地がない。ここはしっかり罰を受けてもらおう。

「今日はこのくらいにしよう。幸いにも死者はいなかったから、時間さえかければ怪我人は治癒師《ちゆし》だけで治せそうだ。アレクとリズはヘンリーと共に王都の屋敷に泊まるのだろう？　何日かゆっくり休んで――」

「僕、平気です！　明日には魔力も回復すると思うので、怪我した人を治すの手伝います！」

「リズも！」

僕とリズがそう言うと、陛下をはじめ大人たちが凄く渋い顔をした。

確かに疲れはある。でも、困っている人を放っておきたくない。

断られても諦めない僕たちを見て、陛下はため息をついた。

「二人はあれだけの激しい戦闘をしたのだ。まず、体を休めるのが先決だ。もしも明日、本当に魔力が回復したというのであれば……王城に来るといい。ありがたく力を借りよう」

やった！

話に区切りがついたので、今日はこれで解散らしい。

その後、僕とリズはヘンリー様の王都のお屋敷に行く途中で爆睡《ばくすい》してしまった。馬車の揺《ゆ》れが眠りを誘《さそ》ういいリズムになったみたいだ。

◆　◇　◆

翌朝、僕はベッドの上で目を覚ました。

「むにゃむにゃ……」

隣ではリズがまだ夢の中だけど……

「うーん……ここはどこ？」

見慣れない天井が見えて、体を起こす。

「あら、アレク君！　もう起きたのね」

僕に声をかけてきたのは、ヘンリー様の息子さんの一人、ジェイドさんの婚約者《こんやくしゃ》であるソフィアさんだ。

「ソフィアさん？」

「夕《ゆう》べのことは覚えているかしら？　リズちゃんが私の手を掴んだまま眠っちゃって……起こしちゃうのもかわいそうだから、この部屋に泊まってもらったのよ。そしたら、夜更《よふ》けにうとうとしたアレク君とスラちゃんが訪ねてきて……」

ちっとも記憶がない。

どうやらここは、ヘンリー様の王都のお屋敷にあるソフィアさんのお部屋らしい。

昨夜、この部屋にやってきた僕とスラちゃんは、ベッドで眠るリズのもとにふらふらと歩み寄った。そして可愛い妹分を抱きしめるや否《いな》や、すぐに寝てしまったのだとか。

「うう、ごめんなさい……」

「きっと寂《さび》しかったのね。ふふふっ。二人の寝顔を見られたし、なかなかの役得だったわ」

いつもリズと一緒に寝ていたから、抱きついて寝る癖《くせ》がついちゃったみたいだ。

恥ずかしくて顔が熱くなる。ちょっと俯いた僕の頭を、ソフィアさんがグリグリと撫でた。

そんな話をしている僕たちのそばで、リズはスラちゃんを抱えてまだ眠っていた。

しばらくして、やっとリズとスラちゃんが起きた。朝食を食べるため、ソフィアさんと一緒に食堂へ向かう。

「「おはようございます」」

「おはよう。体調は大丈夫？」

食堂では、イザベラ様が僕たちのことを待っていてくれた。

「ぐっすり寝たから、元気いっぱいだよ！」

リズの言う通り、体調は万全だ。気絶するほど魔法を使ったわけじゃないので、魔力もしっかり回復している。

ヘンリー様は早朝から王城に向かったらしい。朝食を食べたら、僕たちも追いかけよう。

僕はティナおばあ様の部屋に【ゲート】を繋いだ。

「「おはようございます！」」

「あら。二人とも、本当に来たのね。ゆっくり休めた？」

「うん！」

ニコニコと笑顔を見せるリズに、ティナおばあ様は柔らかく微笑む。

あれ？　ティナおばあ様のベッドの上にいろんな子ども服が並んでいる……なんだか嫌な予感。

「おばあちゃん、この可愛い服はなあに？」

「二人の服よ。今度、ぜひ着てもらおうと思っていたの……せっかくだし、治療《ちりょう》に行くのに一着だけお着替えする？」

「する！」

リズは気軽に答えたけど……控えている侍従がいろいろな道具を持っているのを、僕は見逃さなかった。

ということで僕もリズもきちんとした服に着替えたんだけど……髪形までビシッと整えられてしまう。

「お二人とも可愛らしく仕上がりました」

「ええ、とても愛らしいわ」

「いい仕事をした」と言いたげな顔をした侍従に、ティナおばあ様も頷く。

うーん……この衣装、昨日着た服より派手じゃない？　あっちは貴族家のお坊ちゃんって感じだったけど、今回はより豪華だ。

リズなんて、昨日エレノアが着ていたドレスとよく似たデザインの衣装だし。頭には宝石がちりばめられたティアラなんて被《かぶ》っている。

僕の服も見劣《みおと》りしないくらい豪華だ。青を基調としたジャケットには金色の飾りが付いている。

これは一体どういうこと？

「ティナおばあ様、これ、治療に着ていく服じゃないような……」

「うふふ。さあ、行きますよ」

僕の質問に何も答えず、ティナおばあ様は笑った。


ティナおばあ様の私室を出てしばらく歩く。やがて、僕たちは医務室の前に辿り着いた。

「ティナ・オーランド様、並びにアレクサンダー・オーランド様、エリザベス・オーランド様のご到着です」

一緒についてきた侍従が、僕たちのフルネームをさらりと呼んだ。

実際に孫であるリズはともかくとして……僕までティナおばあ様の家名で呼ばれているぞ。

僕が振り返ると、ティナおばあ様は「作戦成功」と言わんばかりにイタズラっぽい笑みを浮かべていた。

僕たちが王族の血を引く存在だって、内緒にしておくんじゃなかったの？

医務室にはたくさんの貴族がベッドで寝ており、付き添いの人だっている。この状態で僕とリズが現れたら、一体なんだ？　となりそうだ。

そんな中、数少ない知り合いが声をかけてきた。

「おお、誰かと思ったらアレク君とリズちゃんか」

「ふふっ。今話を聞いていたところだけど、本当に来たのね。なんて優しい子たちなんでしょう」

部屋に入って一番手前のベッドに寝ていたのは、グロスター侯爵――僕のおじい様だった。枕元にいたおばあ様が口に手を当てて微笑む。

僕たちと親《した》しげな様子を見て、周りの貴族たちが不思議そうな顔をした。

「おじい様!?　怪我しちゃったんですか……!?」

「このくらいなんともないわ」

そのそばにはブリックス子爵夫妻――おじ様とおば様もいた。二人は、怪我をしたおじい様をお見舞いに来たみたいだ。

僕がグロスター侯爵を「おじい様」と呼んだことで、周囲の貴族たちがますますざわめく。

ひとまず、ここに来た目的……みんなの治療を優先しよう。というかおじい様、かなりの重傷だ。

容体《ようだい》を【鑑定】した僕は、愕然とする。

ぽっきりと肋骨《ろっこつ》が折れているのに、なんで平然としているの？

「おじい様、全然平気じゃない！　我慢《がまん》は駄目ですよ」

「ははは、孫に怒られてしまったわ」

思わず声を荒らげると、おじい様は脂汗《あぶらあせ》を流しながら笑った。

「まったくもう……さっきまであんなに痛がっていたのに。孫の前でいい顔をしようとして」

おばあ様がため息をついた。

これ以上文句を言っても仕方がないので、僕が回復魔法をかけてあげる。

それにしても……おじい様もおばあ様も、僕が血の繋がった孫であることをを隠す気がない喋り方だ。

ティナおばあ様がウインクしてくる。もしかして、全員結託《けったく》しているの？

「おばあちゃん、どうして悪いお顔をしているの？」

リズもようやく気がついたみたいだ。

「孫を可愛がるのは祖父母の務《つと》めですわ。ねえ、グロスター侯爵？」

「そうですな。うちのアレクサンダーはこんなに可愛いのに、とても強い。儂《わし》は幸せ者じゃ。ティナ様の孫であらせられるエリザベスちゃんも、優しくていい子じゃし……」

「ええ。いとこだけあって、アレク君とも仲がいいですものね」

ティナおばあ様もおじい様も、絶対にわざと話している。

グロスター侯爵家が王家の傍流であるのは、貴族の間では周知の事実だ。おまけに、話し相手は前国王の妹であるティナおばあ様……僕とリズが王族の血を引いていることはもはや明らかだ。

多くの貴族に、僕たちの存在が知れ渡った瞬間だった。

……あーあ、完全にバレてしまった。

そのうえ、さらなる追加攻撃が入る。

「あらあら～。なんだか面白そうな話をしているわね」

「そうですわね、ビクトリア様。きっとアレク君とリズちゃんのことでしょう。私の娘――エレノアの命の恩人ですもの」

なんと、ビクトリア様とアリア様がやってきたのだ。しかも、それぞれ子どもたちを連れている。ビクトリア様とアリア様がティナおばあ様に目配《めくば》せする。ビクトリア様たち、絶対にこの茶番に一枚噛《か》んでるな。

「あれ？　アレクお兄ちゃん、どうしたの？」

「なんでもないよ、エレノア」

「うん？」

無邪気に絡《から》んできたエレノアは、大人たちの企《たくら》みなんて何も知らなさそうだ。ルーカスお兄様とルーシーお姉様もそうだろう。僕はため息をついてしまった。

ここにいる人はそのほとんどが怪我人だ。ティナおばあ様たちが何を考えているのか分からない。ただ、こんなことをしている場合じゃないと思う。

僕とリズとスラちゃんは、本来の目的であるみんなの治療を始めた。

僕たちが王家の血筋だと気づいてかしこまってくる貴族は、ひとまずスルーしておく。

治療を待たせちゃって怒る人がいるかと思ったけど、そんなことはなかった。ありがたがってくれる人が多い。包帯を替えたり、体を拭《ふ》いたり……ティナおばあ様やビクトリア様たちがしっかりと働き出したことも大きいだろう。

治療を続けているうちに、どこからともなく声が上がった。

「もしかして……あの子たち、巷《ちまた》で噂の『小《ちい》さな魔法使《まほうつか》い』じゃないか？」

「……」

誰とも知れない貴族の言葉を、おじい様は特に否定しない。

僕たちの二つ名《ふた》って、貴族の間でも有名なの？　沈黙を肯定《こうてい》と捉えられて、さらに人々がざわめいていく。

やがて、ほとんどの治療が終わった。最後に残ったのは、いくつもの骨折を負った男の子だ。魔法で眠らされているようだけど、その表情は苦悶《くもん》に歪んでいる。

このレベルの怪我では、回復魔法が大得意なリズといえども一人では治せない。

「ティナおばあ様、【合体魔法】を使います」

「ええ。もちろん」

【合体魔法】とは、複数人で魔法を行使《こうし》することで威力を上げる技術だ。僕とリズ、そしてスラちゃんが協力するとその効果は凄まじく、魔力のビームを発射《はっしゃ》させたり、体の欠損《けっそん》でさえたちどころに癒《い》やしたりするほどの力を発揮する。

ティナおばあ様の許可も取れたので、三人で【合体回復魔法】を使うことにした。

「よーし、頑張るよ！」

リズの言葉で、僕とスラちゃんは気合を入れた。

シュイン、シュイン、シュイン！

「おおっ！　魔法陣があんなに光り輝くところなど、初めて見た……」

「これが、『双翼《そうよく》の天使《てんし》』様のお力なのか？」

集中する僕たちの後ろで貴族が何かを言っているけど……特に気にしないことにしよう。

シュイーン！

魔法陣がひときわ強く輝き、あたりは光に包まれた。

光が収まると……

「すうすう……」

そこには、穏やかな寝息を立てる男の子がいた。男の子の骨折はすっかりよくなり、苦しそうだった表情も安《やす》らかなものになっている。

「ふう、これで大丈夫です」

僕がそう言うと、男の子を看病《かんびょう》していた人……多分お母さんかな？　が、涙を流した。

「ありがとうございます。ありがとうございます！　大怪我だから、後遺症《こういしょう》が残るかもしれないと覚悟していたんです……！」

お母さんに物凄く感謝されてしまう。僕もリズもスラちゃんも、治療がうまくいってホッとした。

「おっ、やっているな」

……と、ここで陛下が部屋に入ってきた。

「へ、陛下！」

慌てて立ち上がろうとした貴族たちを、陛下は手で制した。

「病《や》み上がりなのだから、皆、おとなしくしておれ。それにしても、もう全員の治療が終わったのか……」

「最後に治療した大怪我の子以外は、僕たちで手分けして治療できました」

でも、もっと怪我人が多いかと思ってたんだよね。もしかしたら、昨日のうちに宮仕《みやづか》えしている治癒師の人たちが頑張ってくれたのかもしれない。

そんなことを言ってみたら、陛下が複雑そうな顔をした。

「もちろん治癒師の尽力はあったが……ベストール侯爵一派の何名かは『自分の屋敷で治療する』と言って帰っていったのだ。闇ギルドが暴《あば》れたとあっては、居合わせた貴族にも多少の調べが入る。怪我をしたのに慌てて帰らねばならないような、後ろ暗いことがあったのだろう」

確かに。パーティーで嫌がらせをしようとした人が、他にもいたのかな。

「ここにいる者たちには先に伝えておく。昨日はナンバーズの襲撃に加えて、ベストール侯爵が不《ふ》祥事《しょうじ》を起こした。後日、王城にすべての貴族を集めて説明会を開く予定だ。予定が合わない者は、必ず代理を立ててほしい」

「「承知しました」」

陛下が僕の顔を見てニヤリとする。おそらく、その場で僕とリズのことを正式に説明するつもりなんだろう。間違いない。

とりあえず治療はこれで終わり。僕たちは部屋を出る陛下と共に、お昼ご飯を食べるために食堂へ向かった。


「昨日の今日で、本当に治療に来るとはのう……元気そうで何よりじゃ」

「もっと休んでいればいいものを。しかし、さすがの手際のよさだな」

「アレク君、リズちゃん、無理はしていないだろうね？」

食堂に着くと、ニース宰相とブレア様、そしてヘンリー様がいた。みんな、それぞれの言葉で僕とリズを労《ねぎら》ってくれる。

それぞれ席に着き、ランチタイムが始まったわけだけど……僕にはどうしても聞かないといけないことがあった。

「さっきのあれ、なんですか？　僕とリズのこと、思わせぶりに話して……陛下もティナおばあ様たちも、わざとですよね？」

「もともと、昨日君たちの存在を公表する予定だったんだ……闇ギルドによる襲撃計画が判明するまではな」

「えー！　そうだったんですか⁉」

陛下からのまさかの返答に、僕はビックリしてしまった。だって、まったく聞いていないし。

「もちろん私も知っていたわ。件《くだん》の襲撃計画さえなければ、最初からアレク君もリズちゃんもパーティーに招待するつもりだったのよ？　パーティーのラストで、二人を私たちが座るテーブルに迎える手筈《てはず》だったの」

「会場に厳戒態勢《げんかいたいせい》が敷かれたから、アレク君たちの紹介は別日にすることにしたの。結果的に、二人とも誕生日パーティーに来ちゃったけど……いろいろ準備していたのに。これも空気を読まない闇ギルドのせいだわ」

ビクトリア様とアリア様の補足を聞いて、僕もリズもフォークを握ったまま固まってしまう。

まさか、僕たちの知らないところでそんな計画があったとは。

今着ている豪華な衣装は、もともと僕たちをお披露目《ひろめ》する時用の衣装だったらしい。

「まあ……ナンバーズ相手の大立ち回りで、二人の姿は多くの貴族が目にした。来《きた》る正式なお披露目の前に、余計な憶測《おくそく》を生むのは避けたくてな。ここらで情報を出しておこうと思ったんだ」

もしも今日、僕とリズが王城に来られなくても、それとなく噂を流す気だったのだとか。

「二人の活躍ぶりには、腹に一物《いちもつ》抱えている貴族も冷や汗を流しているだろうよ」

「昨日のうちに帰っちゃった人たちのことですか？」

「ああ。実は、そいつらの取りまとめ役がベストール侯爵でな。やつの家系には、かなり昔に王族が嫁《とつ》いでいるのだが……いまだにそれを鼻にかけていたんだ。体裁《ていさい》を異常に気にするやつらだから、おとなしくなるだろう」

「うーん……人に嫌がらせしようとする貴族たちには、正直言って関わりたくないです……」

みんなも同じ気持ちらしい。僕の言葉に、陛下だけでなく誰もがうんうんと頷いた。

「今後はリズの誕生日パーティーも控えている。これは当初の予定通り、身内で行うぞ。場所は王都にあるヘンリーの屋敷だ。おっと、小規模だからと落ち込むなよ。アレクもリズも五歳になる記念年ゆえ、来年こそは盛大にやろうではないか！」

まさか、エレノア並みの規模でお祝いをするつもりだろうか。

それは勘弁《かんべん》してほしい。僕の時も、ぜひとも身内だけで……

「実は、アレク君の親戚であるブリックス子爵夫妻とグロスター侯爵夫妻と相談してね。私、アレク君を正式な養子にしようと思うの。それに、あなたとリズちゃんの二つ名は国内外にも轟《とどろ》いているわ。貴族の一員となれば、これからは公的な行事に招かれることもあるでしょう」

王家の血が濃《こ》いティナおばあ様が引き取ることで、僕とリズが起こすとんでもない出来事……たとえば【合体回復魔法】で欠損を治したり、魔力を込めて武器を超強化したりといった事柄に関する情報を統制《とうせい》しやすくするつもりみたいだ。

リズと同じ姓《せい》を名乗れるようになるのは、まるで本当の兄妹になったようで嬉しい。けど……

ティナおばあ様、僕はもうお腹いっぱいです。

嫌だなあという気持ちが顔に出ていたのか、陛下がニヤッと笑った。

「甘《あま》いぞ。すでにアレクにはある大きな仕事が決まっている。なんと、外遊だ」

あの……百歩譲ってティナおばあ様の言うことは分かる。

ただ、陛下の言葉の意味がまったく理解できないんだけど……

なぜ僕が？

「今回、我が国ではバイザー伯爵領で闇ギルドが暗躍《あんやく》していたが、隣国のアダント帝国《ていこく》でもホーエンハイム辺境伯領に隣接する地域で同組織の活動被害があった。『情報提供のお礼も兼ねて、騒動を鎮圧《ちんあつ》した双翼の天使様にぜひ会いたい』と、帝国の皇帝からじきじきにお招きが来ていてな。ご息女《そくじょ》――リルム皇女の二歳の誕生日パーティーにも招待したいと。アレクの人となりを直接確かめて、将来的に皇女の婿候補《むここうほ》にしたいという魂胆《こんたん》があるのかもしれぬな」

「『駄目！　私も一緒に行く！』」

陛下が「婿候補」などと言ったので、リズとエレノアが思いっ切り話に噛《か》みついてきた。

僕もお嫁さん候補はいらないな……皇女様とはいえ、相手は現時点で二歳にもなっていない子なんだから。

「まあ待て。件のパーティーにはリズとエレノアも出席させる。『同年代だし、よかったら来てくれ』と先方も言っているからな。リズも兄とは離れたくないだろう？　正式に帝国から招待がかかっているので、小規模だが隊を組むことになる」

隣の国に行くとなれば、かなりの長旅になりそうだ。

ただ、僕には【ゲート】がある。普通なら【ゲート】で超遠距離を繋ぐ扉を作ることは難しいらしいんだけど……僕は可能だ。この魔法は一度行ったことがある場所に転移できるから、行きさえなんとかなれば、帰りは一瞬で帰ってこられるはず。

あとで「よかったら僕の【ゲート】を使って旅程《りょてい》を組んでください」って言っておこうっと。

「出発は各貴族を集めた説明会の後になる。出発は早くても来月の頭だな」

「えっと……なんとか頑張ります」

つまり、お披露目に帝国行きとイベントが相次ぐわけだ。今月はリズの誕生日もあるんだけど……こちらについては少し遅れてしまうものの、帝国訪問が終わった後にお祝いするとのことだった。

ということで、僕とリズの今後の予定がいろいろ決まってしまった。これぱっかりはしょうがないと割り切って、粛々《しゅくしゅく》とこなすことにしよう。

ちなみに陛下が「婿候補」などと言い出したせいで、僕に懐《なつ》いてくれているリズとエレノアはとっても不機嫌だ。

二人の機嫌の悪さはずっと続き、王城からホーエンハイム辺境伯領に帰る時間になるまで、僕にくっついて離れなかったのだった。

第二章　リズの心からの思い

今後の予定がいろいろ決まってしまったけど、考えたところで仕方がない。

僕たちは普段通りに過ごそう……ということで、今日はリズとスラちゃんと一緒に、冒険者として薬草採取の依頼に出かけることに。

「危ないから」という理由で、僕たちは危険な魔物の討伐《とうばつ》依頼《いらい》を禁止されている。

冒険者として自由に活動できるわけじゃないけど、依頼を受けるのはいつも楽しみだ。

なんだかんだ言って、冒険者活動が好きなんだよね。

早速冒険者ギルドで手続きをして、僕たちは森に向かった。

「お兄ちゃん、いっぱい採れたよ！」

「やったね！　今日のノルマは達成したし、冒険者ギルドで昼食を食べようか」

薬草採取は他の冒険者と共に行っている。なんでも僕とリズは薬草を見つける効率がいいと評判だ。採れやすいスポットを教えてあげることもある。

それが噂になってか、一緒に行く人の数は結構多い。

ほとんどの冒険者が午前中に目的の量を採り終えることができるため、中には午後から別の依頼をする人もいるという。

僕とスラちゃんとで、みんなの護衛をすることもある。薬草採取時にたまに現れるウルフなどを倒すのだ。あくまでも襲ってくる動物や魔物だけ倒すので、乱獲《らんかく》はしていない。

こうして無事に薬草採取を終え、僕たちはみんなで冒険者ギルドに戻った。

受付で依頼終了の手続きをした僕とリズに、とても嬉しい報告があった。

「はい、本日のお仕事完了です。今回の依頼が成功したので、アレク君もリズちゃんもGランク冒険者を卒業ですね」

「やったー！」

僕たちの冒険者ランクがGからFに上がったのだ。

実績だけ見ればもっと早く上のランクに昇格できたんだけど……何かと隠し事が多く、目立つわけにはいかなかった。だから、初心者向け講座で一緒だった同期の冒険者がほぼ全員Gランクを卒業するまで、昇格を保留にされていたんだ。

冒険者ランクが上がるのは初めての経験だ。僕としてもとても嬉しいし、リズとスラちゃんは両手を上げて喜んでいた。

「リズちゃんは史上最年少のFランク冒険者ですね」

「おお、リズが一番なんだ！」

三歳児が冒険者活動をするなんて、あまりないだろうしな……

お祝いということで、薬草採取で一緒に働いた皆さんや居合わせた冒険者さんたちが、お昼ご飯をごちそうしてくれた。

あいにく仲のいいジンさんとレイナさん、カミラさんたち魔法使い組は、指名依頼で不在だけどね。

「うーん、今日のハンバーグは特別においしいよ！」

厳《いか》ついおじさん冒険者たちが、リズとスラちゃんがおいしそうにご飯を食べるのをニコニコ笑って眺めている。

いつの間にか僕たちはここ、ホーエンハイム辺境伯領冒険者ギルドのマスコット的存在になっているみたい。

以前から教会での奉仕作業で怪我した冒険者の治療をしていたこともあって、僕たちにお礼をしようとタイミングを見計《みはか》らっていたのだとか。

とはいえ、事情を知らない人に見られたら、なんだか誤解されそうな絵面だ。

「おいコラ、その顔はさすがのあたしでも怖いぞ」

「「「リズちゃんは俺たちの癒《い》やしなんだ！」」」

「あっ、そう……」

一緒に薬草採取をすることが多いおばさんが、リズにデレデレなおじさんたちに注意したけど……まったく気にする素振《そぶ》りはない。

というか、リズとスラちゃん、なんでみんなの視線を浴びながら、平然とご飯を食べ続けられるの？

僕にはとても無理なんだけど……


「冒険者のランクが上がったの！」

「わあ、本当だ。凄いね！」

「アレク君もリズちゃんもさすがです！」

ヘンリー様のお屋敷に戻ってもリズのテンションは高く、出迎えてくれたエマさんとオリビアさんに自分のギルドカードを見せびらかしていた。エマさんたちは、僕とリズの冒険者ランクが上がったことをとても喜んでくれた。

さらにヘンリー様とイザベラ様も玄関までやってきて、僕たちのことを褒めてくれたので、リズはますます嬉しくなったっぽい。

夕食はヘンリー様一家のご厚意《こうい》で、とても豪華な食事になった。

「お夕飯もとってもおいしいよ！」

リズとスラちゃんは、再びのおいしい食事に大満足。

「アレク君とリズちゃんの、冒険者ランクが上がったお祝いよ」

「こういう祝い事は、祝うほうも嬉しいものだからな」

確かに、辺境伯夫妻が言う通りなのかも。

ギルドでお祝いしてくれたみんなも、僕たちの昇格を自分のことのように喜んでいた人ばっかりだったし。

「本来の実績を隠している分、普通の冒険者に比べて昇格ペースは落ちるが……この調子でコツコツ頑張れば、来年の春にはEランクになれるんじゃないか？」

「おお！　リズ、もっと凄い冒険者になるよ！」

リズもスラちゃんも気合を入れているけど、僕たちが受けられる依頼って薬草採取と回復魔法を使った治療くらいだ。実際にはもっと時間がかかるかも。

まあせっかく二人がやる気になっているわけだし、今は黙っておこう。

◆　◇　◆

僕たちがFランク冒険者になってから、何日か経過した。

今日は王城に向かう日……なのだが、出かける前にヘンリー様から話があった。

「来週の第四の日に、王城に集まるよう貴族に通達が出されたんだ。バイザー伯爵家に対する処分内容に加えて、二人のことが公式に発表されるだろう」

「いよいよですね。ミカエルも王城に行きますか？」

来週の第四の日にいろいろなことが公《おおやけ》になる。

僕が尋ねたのは、バイザー伯爵――ゲインの息子であるミカエルのこと。

「ミカエルは赤ん坊だから、王城に連れていく必要はないよ。我がホーエンハイム家で保護していることだし、あの子の代理も私の役目だ」

幸い、ミカエルはすくすくと成長している。

あの子は病気を患《わずら》っていたので、同年代の子に比べて成育がよくない。僕とリズが治したから、もう大丈夫なんだけど……ハイハイを始めるにはもう少しかかりそうだ。

でも、みんながミカエルを一人にしないよう遊びに来るので、随分と表情が明るくなった気がする。

いとこに思いを馳《は》せながら、僕とリズは王城に向かった。

「アレク君、リズちゃん、冒険者ランクが上がったそうね！　おめでとう。今度プレゼントを用意するわ」

「わーい！　おばあちゃん、ありがとー！」

王城に着くや否や、ティナおばあ様がお祝いしてくれた。改めてプレゼントを贈ってくれるそうなので、僕もリズもとても楽しみだ。

「今日の午前中はいつものようにお勉強。午後は、近衛騎士が王城の敷地内にある軍の訓練施設を見学させてくれるそうよ。エレノアたちと一緒に、しっかり勉強してきてね」

「「はい！」」

この国の軍についてはよく知らない。勉強するいい機会だ。

午前中の勉強が始まった。内容は地理で、僕とリズが向かう予定の、アダント帝国について教えてもらう。

「ご存じの通り、アダント帝国はホーエンハイム辺境伯領と隣接しています。皇帝を頂点とする、貴族国家です」

「そうなんですね。気候はどんな感じですか？」

「南方にある国ですので、ここ、ブンデスランド王国よりも温暖《おんだん》な気候です。夏はかなり暑くなりますよ。山地もありますが平地が多く、皇都《こうと》の周辺にある大きな湖《みずうみ》が有名です」

観光で訪れても楽しめそうな国だなあ。

先生の話を聞く限り、帝国は気候に恵まれたところのようだ。でも、この国にも闇ギルドが蔓延《はびこ》っているんだよね。

尋ねてみると、先生は頷いた。

「闇ギルドは、ほぼすべての国に活動拠点があります。駆逐《くちく》するのはなかなか難しく……」

「いたちごっこになりそうで大変ですね。退治しても、すぐに復活しちゃいそうです」

「ええ。各国の首脳も対策に手を焼いております」

僕も闇ギルドには酷い目に遭わされた。本当に嫌な組織だ。

しかも、ナンバーズの存在もあるし……もっと強敵が出てきたら嫌だなあ。

そんなことを考えているうちに、午前の勉強は終わった。


午後は予定通り、エレノアとルーカスお兄様、ルーシーお姉様と軍の施設を見学する。もちろん、リズとスラちゃんも一緒にね。

「では、向かいましょう」

施設まで護衛してくれるのは、エレノアの誕生日パーティーで関わった近衛騎士のお姉さん。

他にも何人かいるけど、みんな顔見知りばかりだ。

歩きながら、僕はお姉さんに質問した。

「軍の兵士さんと近衛騎士って何が違うんですか？」

「仕事の内容です。実は、私たち近衛騎士も王国軍に所属しているんです。ただ、軍の中には特別な任務を行う部隊がありまして……近衛騎士はその部隊に配属された者の役職です。王族などの偉い人を守ることが主《おも》な任務です」

「じゃあ、お姉さんたちはエリートってことですね！」

「ありがとうございます。近衛騎士になるには実力はもちろん、礼儀作法も重要です。ですから、貴族の子弟《してい》が多いんですよ」

確かに。近衛騎士は常に偉い人と接しているわけだし、マナーはとても大切だ。

「お姉さんも貴族の人なの？」

「いえ、私は平民の出になります」

「そうなんだ。じゃあ、すっごく頑張ったんだね！」

リズの言葉にお姉さんは頬を緩《ゆる》めた。近衛騎士になるなんて、きっと努力家なんだろうな。

そうこうしているうちに、目的地に到着。

僕たちが着いた途端、「王子殿下並びに王女殿下とご学友に敬礼《けいれい》！」という号令で兵士さんたちが挙手の礼を行い、ちょっとビビった。

挨拶をして、建物の中に入る。

ちなみに、近衛騎士のお姉さんが引き続き案内役だそうだ。僕たちに施設紹介をしてくれるんだって。

「ここでは、剣や槍《やり》を使う歩兵が訓練をしています」

最初に案内されたのは、歩兵部隊の特訓場。老若男女《ろうにゃくなんにょ》問わず、たくさんの人が模擬戦《もぎせん》を行っている。

「多人数での演習なんですね」

「兵士は基本的に単独で動くことがありませんから。複数人を相手にすることを想定し、チームプレイを徹底《てってい》しています」

最低でも二人一組で兵士を組ませているらしい。連携のよさが、この軍の強みだそうだ。

「そういえば……僕たちを警護してくれる近衛騎士も、ほとんどがチームで動いています」

「その通りです、ルーカス様。多方面を警戒する必要があるので、要人警護は必ず三人以上で行うんです」

魔法がある異世界でも、このあたりは地球と変わらない考え方をしているんだな。

冒険者の中にはソロで活動している人もいる。活躍する場所の違いが、戦い方にも影響しているのかも？

それにしても……リズとスラちゃんよ。くれぐれも「訓練に交《ま》ざりたい」とアピールしないように。

「こちらは魔法使い部隊専用の訓練場です。ここでは日々のトレーニングの他に、魔導具の開発や実験も行っています」

その言葉であたりを見回す。お姉さんの言う通り、確かに見慣れない魔導具を持っている人がいた。

「……あれ？　あそこにいる人たちは魔力循環を行っていますね」

魔力循環で体内に魔力を巡らすことは、魔法使いにとって基礎中《きそちゅう》の基礎だ。

普通は一人でやることが多いんだけど……あっちでやっている人たちは複数人で手を繋ぎ、魔力を循環させている。

まるで、僕とリズみたいだ。

「よくお気づきですね。アレクサンダー様とエリザベス様が行っている特訓内容を聞き、ブレア様がブラッシュアップしてトレーニングメニューに取り入れたんです。いいアイデアはすぐに訓練に組み込んでいます」

固定観念に囚《とら》われず、新しい訓練を導入する……お姉さんはさらっと言っているけど、大きな組織であればあるほど実行するのは大変なはずだ。

新しいものを臆《おく》さず取り入れるから、軍の強さを維持できるのかもしれない。

「『向上心が高く、なんでも挑戦するからこそ、ブンデスランド王国の兵は強い』と、父上が前に言ってました」

ルーカスお兄様の言葉に、お姉さんは嬉しそうに微笑んだ。

「ありがたいお言葉です。しかし……先日のナンバーズの襲撃で、私たちはアレクサンダー様とエリザベス様に任せきりでした。さらに訓練内容を見直して強くなり、皆様を守る盾《たて》となる所存です」

魔法使い部隊の皆さんは、魔力循環以外にも、魔力のコントロールなど一般的な訓練も行っていた。

ナンバーズ相手に何もできなかったことを反省し、もっと強くなるつもりらしい。

……リズとスラちゃん。訓練しているみんなに対抗して、「自分たちも魔力のコントロールができるぞー」って見せびらかさなくていいからね？

案内役の近衛騎士のお姉さんが、一人と一匹を見て苦笑しているぞ。

「最後は支援部隊の様子を見に行きましょう。兵站《へいたん》を管理したり、武器の整備をしたりしているんですよ」

「縁の下の力持ちですね」

「まさにその通りです。支援部隊の存在が戦局を左右しますから」

そういえば……前世で通っていた中学校の社会科の先生は、兵器や戦史の話が好きだった。授業中にいろいろ話を聞いたっけ。特に補給部隊の仕事が戦争では重要なのだとか。

「お兄ちゃんがリズの支援部隊だね」

リズが「うまいことを言ったぞ」という顔をしているけど、僕は何も言うまい。

すべての施設を見学し終え、入り口に戻ってきた。

「本日の案内はここまでになります」

お姉さんのおしまいの挨拶に、僕たちは揃って頭を下げた。

「ありがとうございます。とても勉強になりました」

僕の言葉にお姉さんは頷き、ルーカスお兄様を見つめる。

「軍事組織は国防の要《かなめ》です。特にルーカス様は、今後、学ぶ機会が増えてくるかと思います」

「はい、分かっています。ためになりました」

ルーカスお兄様は王太子だ。将来的に陛下の跡《あと》を継いでこの国を引っ張っていくとなると、これから大変な思いをすることもあるだろう。

彼が王になるまでに、闇ギルド問題が落ち着いて……世界が少しでも平和になってたらいいな。

◆　◇　◆

僕たちが軍の訓練を見学して、一週間後の第三の日。

明日はいよいよ全貴族を集めた謁見《えっけん》がある。今夜は王都にあるヘンリー様のお屋敷に泊まる予定だ。

一大イベントがあるとはいえ、今日は第三の日。いつも通り、王城で勉強しなくちゃいけないいんだよね。

「アレク君たちの帝国行きも近づいているし……他国のことを覚えるちょうどいい機会だわ。ルーカスとルーシーも一緒に勉強しましょう。二人とも、いいわね？」

「「はーい！」」

ビクトリア様のお言葉に、ルーカスお兄様とルーシーお姉様が元気よく返事をした。

今日は、僕とリズ、そして王家の子どもたち全員で帝国について学んでいく。

講師は帝国出身の元皇族で、ブンデスランド王家に嫁いできたアリア様だ。彼女はなんと、現皇帝の妹らしい。先週は地理の先生からいろいろ教えてもらったけど……実際に暮らしていた人から話を聞くとなると、勉強もはかどりそうだ。

みんなが席に着いたので、早速授業開始です。

「現在の帝国の皇帝は、私の兄——ランベルト・アダント。私よりも一つ上の三十歳ね」

「はい！　皇帝ってどんな人？」

「お兄様は……筋骨隆々《きんこつりゅうりゅう》な武人って感じの人よ。実際、いろいろな武術に長けているわ。料理が趣味だったり、意外と家庭的な一面もあったりするんだけどね」

「「へえー！」」

質問をしたリズ、そしてエレノアが揃って驚いている。

自分の叔父に関する話なので、エレノアは興味津々《きょうみしんしん》だ。

「帝国の官僚には貴族だけではなく、平民出身の者もいるわ。この国にも平民出身の官僚はいるけど……向こうではさらに人数が多いの。議会を左右するほどの一大勢力よ」

「アリア様、それって政治が不安定になるんじゃ……」

「さすがはアレク君！　察しがいいわね。今のところ、平民出身の官僚で問題を起こした人はいないわ。ただ、平民が議会に出るのを嫌がる厄介な貴族もいてね。積極的にトラブルを起こすという意味では、そっちのほうが危ういかな」

そんなところに僕たちが行っても大丈夫なのかなあ。

もし平民の人たちが、貴族に対して恨《うら》みを持っていたらどうしよう。

不安が顔に出ていたみたいで、アリア様が苦笑した。

「帝国では来客を丁寧にもてなすことが美徳《びとく》とされているの。だから、アレク君の想像するようなことにはならないはずよ」

僕は絶対にお客さんの立場を崩《くず》さないようにしよう。そう心の中で決意したのだった。

「国土は王国よりも少し小さいわ。王都からだと、ホーエンハイム辺境伯領を経由して、馬車で帝国の首都——皇都に向かうルートが一般的ね」

アリア様の話はまだまだ続く。

「ホーエンハイム辺境伯領ではたくさんの冒険者が活躍しているけど、帝国も負けてないわよ。冒険者ギルドは向こうにもあるの。世界共通の組織だからね」

「おお、そうなんだ！　どんな依頼があるのかな？」

冒険者ギルドと聞いて、リズが早速食いついた。

「そうねえ。さすがにギルドには入ったことがないから、私も興味があるわ」

詳しいところはアリア様も知らないみたいだ。

どんな依頼があるかは、僕も気になる。

今回の訪問では無理でも、いつか見に行けたらいいな。

「帝国の食文化は米食《べいしょく》が中心よ。パンも食べられているけど――」

「お米ってどんな食べ方をしてるんですか!?」

……って、勢いよく聞きすぎた！　でも、元日本人としては気になって仕方がない。

ブンデスランド王国でもお米を栽培したり、食べたりしているけど、日本の食文化とは別物なんだ。

「あら、アレク君はお米が好きなの？　ステーキや魚のムニエルと一緒に食べることが多いわよ」

うーん……米食といっても、和食ではないのか。ちょっと残念だ。

質疑応答を交えつつ、授業を受けること一時間。

「今日はこの辺にしておきましょう。エレノアとアレク君、そしてリズちゃんは、実際に帝国を訪ねて、自分の目で確かめるといいわ」

「そうします。今日はとっても勉強になりました」

事前知識があるのとないのとでは、心構えが違う。本当に助かった。

教えてもらった内容を頭の中で振り返りながら、ティナおばあ様の部屋に向かう。

「あら、アレク君とリズちゃん、お帰りなさい。待っていたのよ」

部屋に入ると、ベッドの上に置かれた子ども服に目を引かれた。

今まで僕が見てきた中でも、トップクラスに豪華な衣装だ。

「ティナおばあ様、これは一体……？」

「明日アレク君とリズちゃんが着る服よ。公式の場だし、アレク君とリズちゃんのお披露目なのだから新しい服を用意しないとね」

僕としては、こないだグロスター侯爵家のおじい様をはじめとした貴族のみんなの怪我を治療した時に着た服で大丈夫だと思っているんだけど……

「さあ、早速サイズを確かめましょう。お着替えしましょうね」

「「はーい……」」

お決まりの着せ替え人形タイムが始まってしまった。

ティナおばあ様と侍従が、あーだこーだと言いながら衣装を合わせていく。着せ替え人形になっている間はほぼ動けない。僕もリズもかなり疲れてしまうんだよね。

案の定、今回もそうだった。

着替えが終わると、僕とリズはもうぐったり。

遅めの昼食を食べたら、すぐにお昼寝をしてしまったのだった……

その後、お昼寝から目覚めた僕たちは、王都のヘンリー様のお屋敷に戻った。

「そんなに頬を膨らませて。リズちゃん、一体どうしたの？」

「実は――」

夕食時、ふてくされているリズを見て、ソフィアさんが理由を聞いてきた。

僕は事情を教えてあげる。

「それでリズちゃんはまだ不機嫌なのね」

「お着替えばっかりで、おばあちゃんと遊べなかったの……」

基本的には週に一度、王城を訪ねた時しか会えないティナおばあ様と遊べず、リズの機嫌はかなり悪い。

リズはああ言っているけど……ティナおばあ様は着飾った僕たちの姿を見て、大満足だったと思う。

僕たちの話を隣で聞いていたヘンリー様が、苦笑いを浮かべる。

「謁見の場は、多くの貴族が集まる。権威《けんい》を示すために、どの貴族も身なりを整えてくるからな」

「豪華なドレスは動きにくいから嫌いだよー」

「ははは、リズちゃんは元気いっぱいだものな。いつも着ている冒険者の服装のほうがいいんだろう？」

リズは外見がとても整っているから、何を着てもよく似合う。ただ、丈が長いドレスだと思うように走り回れず、本人としては苦手みたいだ。

「明日だけ頑張って着ればいいから」とみんなに説得されて、リズは渋々頷いた。

◆◇◆

翌朝。いよいよ運命の日がやってきた。

謁見は午前中に行われる。僕とリズとスラちゃん、そしてヘンリー様は、早朝から王城に向かった。

ティナおばあ様の部屋に【ゲート】を繋ぐ。

「おお、ヘンリー。アレクたちも着いたか」

王城では、陛下が僕たちの到着を待ち構えていた。

「陛下、本日はよろしくお願いいたします」

「「よろしくお願いします」」

ヘンリー様に続いて、僕とリズ、スラちゃんもお辞儀をした。

陛下のそばには見知らぬ貴族が一人いた。お髭《ひげ》がもじゃもじゃでとても厳つい顔だ。

僕たちを見て敬礼した姿から察するに、軍に所属している人かな？

「こちらにいるのがケーヒル伯爵だ。王国軍の幹部でもある」

首を傾げる僕とリズに、ヘンリー様が教えてくれた。そして、さらに言う。

「彼はジェイドの婚約者《こんやくしゃ》であるソフィアの父親なんだ」

そうなんだ。ソフィアさんの……見た目が似てないから、言われるまで気づかなかった。

「二人とは初めましてになるな。娘から話は聞いているよ。あの子がいつも世話になっている」

「僕のほうこそ、ソフィアさんにいつもお世話になっています」

「なんとなく、ソフィアお姉さんと雰囲気が似ているなーって思ったの！」

「ははは、リズちゃんは分かったか」

見た目はとても厳ついおじさんなのに、笑った顔はどこかイタズラっぽくてソフィアさんによく似ていた。

「この後、貴族会議があってな。ついでだから、顔を見せることにしたのだ」

「説明会の前なのに、とても忙しいんですね」

「だからこそだ。大勢の貴族が集まるから、いろいろと話を伝えておきやすい。昨日からさまざまな会議が目白押《めじろお》しだ」

僕と話しながら、疲れているのか陛下はちょっと困り顔だ。

その後、陛下とヘンリー様、ケーヒル伯爵は侍従に促《うなが》されて部屋を出ていった。

僕たちはニコニコしながら会話を見守っていたティナおばあ様に手伝ってもらい、昨日着た豪華な服に着替えたのだった。

「二人とも、とても似合っているわ。可愛らしいのに、ちゃんと気品を感じるもの」

「うんうん、これなら誰が見ても立派な王族に見えるわ」

着替えが終わった僕たちは、王家のみんなが待つ控え室を訪ねた。

僕たちの衣装をビクトリア様とアリア様が褒めてくれたけど……僕もリズも物凄く緊張していて、それどころではない。

ちなみに、ルーカスお兄様とルーシーお姉様とエレノアは平然としている。公の場に出るのは慣れているようで、仲良くお喋りしていた。

ビクトリア様とアリア様が僕たちを励ます。

「大丈夫よ。普通に立っていれば終わるわ」

「そうそう。何も喋らなくていいからね」

「うー……でも、転んじゃったらどうしよう。笑われちゃうよ……」

基本的に物怖《ものお》じしないリズだけど、今日は緊張が勝っているみたい。自分が粗相《そそう》をしないか、とっても不安そうだ。

僕とリズをティナおばあ様がギュッと抱きしめる。

「大丈夫よ、何も心配はないわ。何か意地悪を言う人がいたら、おばあちゃんがやっつけてあげるんだから」

「ティナおばあ様、さすがにそれは大丈夫だよ」

「リズもなんとかなる気がしてきた……ありがとう、おばあちゃん」

僕たちはティナおばあ様を抱きしめ返してから、体を離す。みんなが声をかけてくれたから、だいぶ気持ちが楽になった。

特にリズは、ようやく表情に笑顔が戻る。

「皆様、お時間でございます」

やがて、係の人がやってきた。

スラちゃんはお留守番だ。控え室で待っているように伝えると、触手を振って僕たちを応援してくれた。

「さあ、行きましょう」

「「はい」」

僕とリズはティナおばあ様に手を引かれ、係の人の案内についていく。

陛下とヘンリー様たち招待された貴族は正面の入り口から、僕たちと王族のみんなは、別の入り口から中に入るらしい。

「静粛《せいしゅく》に。王族のご入場です」

僕たちが謁見会場に着いたところで、係の人のアナウンスが入った。

ざわざわとしていた謁見の間が、水を打ったように静かになる。まずはビクトリア様とルーカスお兄様とルーシーお姉様が会場に入り、その後ろをアリア様とエレノアが歩いていった。

「さあ、行くわよ」

ティナおばあ様の小さな声かけに、僕たちは頷いた。

彼女の後に続いて会場に入ると、多くの貴族が並んで頭を垂れていた。上位貴族になるほど、僕たちが立つ場所に近いところにいるっぽい。ヘンリー様の姿が見えた。

僕たちは他の貴族よりも一段高いところ――玉座《ぎょくざ》のそばに並ぶ。

「陛下のご入場です」

再び係の人のアナウンスがあり、陛下が姿を現した。隣に並んでいたティナおばあ様がカーテシーをしたので、僕とリズも慌てて礼の姿勢をとる。

玉座に座った陛下は、普段より一段低い威厳《いげん》のある声を発した。

「皆の者、面《おもて》を上げよ」

ついに説明会が始まった。

陛下からバトンタッチして、ニース宰相が話し出す。

「此度《こたび》は闇ギルドによる数々の悪事が発覚した。ゆえにそれを報告する場を設《もう》けたのだ。しかし、先にベストール侯爵に対する沙汰《さた》を伝える。彼は、先日のエレノア様の誕生日パーティーで下剤を仕掛け――」

普段は好々爺《こうこうや》って感じのニース宰相は、とっても引き締《し》まった表情だ。

口調も緊張感がある。

「――下剤の入手先を問うたところ、闇ギルドから買い付けたことが判明した。我が国は闇ギルドとの取引を一切禁止している。さらに陛下主催のパーティーにて毒を持ち込んだ蛮行《ばんこう》……到底捨て置けぬ」

ここで一呼吸を置き、ニース宰相は処分内容を告げる。

「ベストール侯爵家はただちに当主を交代せよ。さらに財産の一部を没収する」

当主の座を降ろされるベストール侯爵については禁固刑に処されるらしい。彼の勢力は、かなりのダメージを受けることになるだろう。

会場内の貴族が少しざわざわする。

ひどく驚いた顔をしているところから察するに、エレノアの誕生日パーティーを欠席して事情をまったく知らなかった人が話をしているみたいだ。また、怪我をしたのに無理矢理帰ったという、ベストール侯爵の一派を中心に動揺が広がっている。

「続いて、バイザー伯爵家についてだが……」

ニース宰相が深呼吸をした。ゲインとノラが企《くわだ》てた事件は、貴族の間でも噂になっている。

話す内容はとにかくたくさんあるんだ。

「バイザー伯爵家当主夫妻には、四年ほど前に亡くなったエイダン・バイザーと妻アリス、そして直後に事故死したサミュエル・オーランドと妻ミアへの殺人容疑。そしてその子どもであるアレクサンダー・バイザー、並びにエリザベス・オーランドの誘拐《ゆうかい》・殺人未遂《さつじんみすい》の疑いがかかっている」

会場がどよめいた。

僕たちの両親の不審死は、ずっとゲインとノラが犯人として怪しまれていたそうだけど……正式に殺人事件だったと発表されると、やはり驚くのだろう。

さらに、ホーエンハイム辺境伯領でのゴブリン襲撃事件、各地で発生していた謎の魔導具による爆発事件、ティナおばあ様とエレノアに対する毒殺未遂事件……この数か月で相次いだトラブルがすべて、ゲインとノラ、そして闇ギルドによるものだと明かされた。

ニース宰相によれば、ゲインたちは領民から集めた税金の横領も行っていたそうだ。

追加発表された情報に、会場のあちこちから話し声が聞こえてくる。毒殺未遂事件については、特に大きな驚きをもって受け止められているみたいだ。

ざわめきが少し落ち着くのを待って、ニース宰相の口から処分内容が発表された。

「ひとまず、バイザー伯爵家は領地没収のうえ爵位返上とする。当面の間は国から行政官を派遣《はけん》する予定だ。また、ゲイン・バイザー、そしてノラ・バイザーは死刑とする。両名の死に際しては墓を作ることを許可しない」

ここで再びどよめきが起きた。

墓を作る許可も出ないなんて……とんでもない厳罰であることは、想像に難《かた》くない。

「さて……皆にアレクサンダー・バイザー、そしてエリザベス・オーランドの境遇を説明しよう」

ここで陛下が声を上げた。じきじきに僕たちのことを発表するつもりなんだ。

僕とリズが赤ちゃんの頃からゲインたちに軟禁《なんきん》され、幼くして森に捨てられてしまったこと。ヘンリー様に保護されたこと。ゴブリンキングに襲われた辺境伯領を救い、毒に侵されて瀕死《ひんし》だったティナおばあ様とエレノアを救ったこと……そして、バイザー伯爵夫妻を自分たちの手で捕まえ、両親の仇《かたき》を取ったこと。

時系列に沿《そ》って、陛下が僕たちのこれまでを説明していく。

やがて、話は佳境《かきょう》に入った。

「——類《たぐい》まれなる才能を持つ二人を守るため、そして幼くとも命を懸けて戦い、多くの者を救った功績に鑑《かんが》み、彼らを我が叔母上《おばうえ》……ティナ・オーランドの養子とする。少なくとも成年になるまでは、王族に限りなく近い扱いをする予定だ。また、バイザー伯爵領については、アレクサンダーの成長を待ち、領地を返すか、また爵位を戻すのか検討していく。彼は正統な後継者《こうけいしゃ》かつ、お家簒奪《いえさんだつ》に巻き込まれただけの被害者だからな。これらはすでに決定事項だ」

陛下の発言に対して、反応が二つに分かれた。

まずは、先日のナンバーズの襲撃の際に怪我をし、僕とリズとで治してあげた貴族たち。陛下たちの匂わせを聞いていたからなのか、納得の表情を浮かべていた。

貴族のほとんどは僕たちの境遇に理解を示してくれたようだ。

それに対して、僕とリズの待遇を聞き、不満そうにしているグループもいる。先ほどベストール侯爵に対する沙汰を言い渡した際に、ひときわ大きくどよめいていた、彼の派閥《はばつ》だ。

そのグループから一人の太った男性が前に歩み出た。いかにも貴族らしい服装のその人は、忌々《いまいま》しそうに顔を歪めて挙手をする。

「陛下、発言してよろしいでしょうか」

「許可する」

「バイザー伯爵に対する処分は納得いたします。アレクサンダー様とエリザベス様の生い立ちは同情できるものです。ですが、傍系王族《ぼうけいおうぞく》と同等の扱いにするべきではないでしょう。その幼さでティナ殿下とエレノア王女殿下を治療するなど……ありえません。幼少期に捕まった彼らが、闇ギルドに洗脳されていないとどうして言えましょうか。下心があるに決まっています。また、ベストール卿への処分はいささか重すぎるのではないでしょうか」

うっ……そう来たか。

ベストール侯爵の勢力からは「そうだ、そうだ！」と野次《やじ》が飛ぶ。

……振り返って確認できないけど、後ろの玉座に座る陛下と控えるニース宰相から殺気を感じた。

僕としては、言われっぱなしじゃいられない。

「陛下、僕も発言していいですか？」

「私も！」

「……うむ、発言を許可する」

リズまで何か言おうとするのはちょっと意外だ。

無事に発言の許可は得た。ざわめきが収まり、全員の視線が僕たちに集まる。

「下心ってなんですか？　僕とリズはみんなに悲しい思いをしてほしくなくて、必死に頑張っただけです」

「ははは、そうだな。アレクはまだ幼いので、下心なんて分からなくて当然だ。アレクよ、下心とは表に出さない悪だくみや計算高い考えのことだ」

陛下が笑いながら話を合わせてくれた。おそらく、僕がわざと質問したことに気がついているのだろう。

僕に続いて、リズも話し出す。

「リズはね、ベッドに横たわっている人を見てね、グスッ……死んじゃうかもしれないって思って、うぅ、一生懸命に毒を癒やしたの。助けたのがリズのおばあちゃんだったって分かったのも、後からだったし。だから、そんな風に悪いことを思っているなんて、言ってほしくないの……」

「リズ……」

涙をポロポロとこぼしながら、リズが一生懸命に喋る。それでも、文句を言ってきた貴族から、決して目をそらさなかった。

僕は、リズの手をぎゅっと握った。彼女も、ぎゅっと握り返してきた。

「陛下、僕たちの発言は以上です。時間を取ってしまって、ごめんなさい」

「いや……よく言った。特にリズの言葉には、娘を救われた父として、余も思うところがある」

そうして、陛下はおもむろに玉座から立ち上がった。

「今日、こうしてすべての貴族を集めたのには、各貴族の沙汰やアレクサンダーとエリザベスのことを伝えるためだけではない。余は真剣にこの国の未来を憂《うれ》えている。我々王族、そして貴族の仕事とは、この国で生きる民草《たみくさ》の暮らしを守ることだ。他者の幸福を願うことは、人として当たり前の行いでもある」

一度言葉を区切り、陛下はさらに言う。

「自分の欲求ばかりを優先させ、周囲の者を蔑《ないがし》ろにしていないか？　人として当たり前のことができていないのではないか？　欲求に任せて動くなど、動物と同じことだ。くれぐれも、自らの行動の先に何があるのか考えるように」

話し終えると、陛下は再び玉座に座った。

会場の空気は完全に変わった。

ベストール侯爵の勢力はすっかり勢いを失っている。特に陛下に物申した貴族は、顔を真《ま》っ青《さお》にした。

「陛下、すべての発言を撤回《てっかい》します。平《ひら》にご容赦《ようしゃ》を」

「自己の利益ばかり追い求めるのは許容できぬ。貴族として、人として何が大事なのかをよく考えるのだ」

「肝《きも》に銘じます」

僕たちを怪しむ貴族の言い分は、少し理解できる。

陛下も、この場での追加処分は望んではいなかった。しかし、次はないぞという気迫を感じる。

「本日は以上です」

係の者が宣言すると、陛下が玉座から立ち上がり退場していく。

僕もリズも……もちろん、他のすべての参加者も頭を垂れた。

陛下の姿が見えなくなる。僕たちはティナおばあ様と共に、舞台袖から外へ出た。

リズはすでに泣き止《や》んでいたけど、怖かったんだろう。僕の手をぎゅっと握ったまま、離そうとしない。僕もしっかり握り返した。

「二人とも、よく頑張ったわ……！　リズちゃん、立派だったわよ」

「うえーん。お兄ちゃん、おばあちゃん！」

王族の控え室に戻ると、ティナおばあ様がすぐに僕とリズを抱きしめ、褒めてくれた。緊張の糸が切れたのか、リズはわんわんと泣き出してしまった。

僕もリズを抱きしめて、頭を撫でてあげる。リズは本当によく頑張ったと思う。

スラちゃんが触手を伸《の》ばし、リズの頭を撫で撫でした。控え室にいたはずだけど、舞台袖から僕たちのことを見守っていたのかもしれない。

他の人も集まってきて、リズの頭や背中を撫でる。

五分ほどして、リズは泣き止んだ。

僕たちがソファに座ると、控えていた侍従が飲み物を運ぶ。

「うう、ちょっと恥ずかしい……」

「あら、そんなことはないわよ」

みんなに泣きついたことを恥ずかしがり、リズはジュースを飲みながら顔を赤くした。ティナおばあ様をはじめ、みんなで慰《なぐさ》める。

「そうだな。リズの心からの言葉は、きっと貴族たちに届いただろう」

そう言いつつ部屋に入ってきたのは陛下だ。

ソファにどかりと座って、彼はもりもりとお菓子を食べ始めた。謁見の場で見せていた威厳は、一体どこに行っちゃったんだろう？

「アレク君、気にしなくていいわ。陛下はね、集中力が切れるとあんな感じで甘いものを食べるのよ」

「今日は特に集中しないといけなかったから……いつもよりも疲れていらっしゃるのね」

さすがは奥さんであるビクトリア様とアリア様。すぐさま僕の疑問に答えてくれた。

いくら陛下といえども、集中力が続く時間には限界があるみたいだ。

いい機会なので、さっき異議を唱《とな》えていた貴族について聞いてみよう。あんまり関わりたくないけど、念のためね。

「陛下、会場で文句を言ってきた人ってどなたですか？」

「あんなやつ覚える必要はないぞ、アレク。ベストール侯爵への捜査の過程で、やつにも闇ギルドとの繋がりがあると分かっている。他にもベストール侯爵の派閥に属する貴族のうち、何人かが闇ギルドと繋がっていたんだが……追って沙汰を下《くだ》すことになりそうだ」

あら、陛下からなんとも言えない回答をいただいた。

ティナおばあ様とビクトリア様、アリア様は、陛下の答えを肯定するかのようにうんうんと頷いている。

「やつらは当分はおとなしくするはずだ。それよりも、これからのことを話そう」

陛下はすぐに話を切り替えてきた。僕も改めて向き直る。

「アレクたちの帝国行きについてだ。出発は来月上旬の第三の日に決まった。アレクとリズの他に、護衛八人と侍従が二人ついていく。帝国より正式に客として招かれているから、それなりに人員を整えねばならない。アレクが申し出てくれた【ゲート】を使う件なんだが……あまり頼ることはできないんだ」

「そうなんですか？」

陛下曰く、僕がブンデスランド王国内で【ゲート】を繋ぐならともかく、他国とを繋ぐとなると防衛上、外交上の問題があるらしい。なるほど、言われてみればその通りだ。

「ただ、アダント帝国は我が国と友好関係を築いておる。『特例として、帝国領内の特定の貴族の屋敷、あるいは皇城においては一時的に【ゲート】の使用を許可する』と連絡があった」

【ゲート】は限られた場所でしか使えないみたいだ。向こうも譲歩してくれたみたいだから、ありがたく思っておこう。

いよいよ帝国に向けて出発か……僕もリズもスラちゃんも、楽しみでテンションが上がる。

「道中は馬車での移動になるから、護衛は必須《ひっす》だ。こちらで選定するから、心配しないでくれ」

「悪い人も魔物も、リズがやっつけるよ？」

「それは護衛の仕事だ。リズが出るのは、万が一の時だけにせよ」

うん、僕も陛下の意見に賛成だ。

やるならこっそりと、攻撃魔法で手助けするくらいにしなさい。

リズを自由にさせると、ファルシオンを持って突っ込んでいきそうだし。

「また来週、担当の者から話をさせる。ホーエンハイム辺境伯領を通るから、ヘンリーも同席するぞ」

辺境伯領内はヘンリー様の領地だから安心だけど……帝国に入ったら、いっそう警戒が必要そうだ。

「二人とも、今日は疲れただろう？　昼食を食べたらヘンリーと共に辺境伯領に戻るがよい」

せっかくのご厚意なので、甘えることにする。

僕とリズが昼食を食べ終えた頃、ヘンリー様が迎えに来た。

僕もだいぶ緊張して疲れていたみたいだ。

【ゲート】を使ってホーエンハイム辺境伯領のお屋敷に戻り、リズと一緒にすぐお昼寝タイムとなった。

第三章　勉強の日々と懐かしい人との再会

僕とリズの身分が公になっても、日々やることは変わらない。

今日は月一回の教会の奉仕作業だ。イザベラ様とエマさん、オリビアさんと一緒に訪問する。

仲良くなった人たちになんて言われるか、ちょっと心配していたんだけど……

「最初から、ただの子どもではないと思っていたわ」

「領主様がずっと保護していらっしゃるわけだしね。多分、偉い人の子どもだろうなーって」

「アレク君もリズちゃんも頭がよすぎるもの。平民にしては礼儀正しいし、何か秘密があるなとは思っていたのよ」

つまり、みんな察していたらしい。奉仕作業でよく一緒になる奥さんや娘さんたちは、僕とリズが普通じゃないと思っていたようだ。

理由がはっきりとしたことに安心し、僕たちの境遇を思って頭を撫でてくれた。

ついでだから、治療を受けに来た冒険者たちにも同じことを聞いてみよう。

「冒険者に身分は関係ない。重要なのは、冒険者ランクと実力だ。よくお前たちがつるんでいるジンとレイナや、カミラ、ルリアン、ナンシーの魔法使い三人娘だって、貴族だからな」

「すでに二人は立派な魔法使いだ。辺境伯領にいる冒険者の中でも、魔法込みなら戦闘力は上のほうだろう」

「ギルドのマスコット的な存在だし、今まで通りに接していいなら問題ないわよ」

「厳つい俺らにも普通に挨拶してくれるから、そういう存在はありがたいしな」

いかにも冒険者らしい回答だ。というか、ジンさんたちって貴族だったんだ。

彼らのような実は身分が高い冒険者もいるので、トラブルを起こさない限りは気にしないみたい。

「ふふふ。アレク君とリズちゃんが町の住人として受け入れられている証拠よ」

ニコッとして話すイザベラ様の意見に、エマさんとオリビアさんもうんうんと同意していた。

あと……僕とリズが小さい子どもっていうのもあるのだろうな。もう少し大きかったら、町の人たちも接し方を変えちゃったかもしれないし。

この間、リズはというと……以前ブローチを作ったお店のおかみさんと話をしていた。

「リズちゃん、今度また手作りアクセサリー教室をやるの。よかったらやってみない？」

「やる！　この間作ったのは、おばあちゃんにあげたんだ。とっても喜んでくれたの！」

「あら、それはよかったわね。リズちゃんのおばあ様も、孫が一生懸命に作ったから嬉しかったのね」

次回の手作りアクセサリー教室のお誘いに、リズは躊躇いなく返事をした。

来月開催みたいだけど……日程的に、帝国訪問からは帰ってきているはずだ。多分、参加できるだろう。

リズはスラちゃんと一緒に両手を上げてやる気満々。裁縫《さいほう》の練習にもなるし、また頑張ってほしい。

今回の奉仕活動は、午前中で終わった。

奉仕活動の一環《いっかん》で作ったスープなんかを昼食代わりにみんなで食べて、解散となる。

僕とリズはその足で武器屋さんに行くことにした。

「予定より早いけど預かっていた武器が出来上がった」と、ヘンリー様のお屋敷に連絡があったのだ。

エマさんとオリビアさんも一緒に行きたいということだったので、同行することに。イザベラ様と共に馬車に乗り込んで、武器屋さんに向かった。


「わあ、このお店ってこんな感じだったんだ」

「たくさんの武器や防具が、所狭《ところせま》しと並んでますね」

エマさんとオリビアさんは一見さんお断りのこの店に初めて来たみたい。興味深そうに店内を覗いていた。

あっ、最初に来た時に見つけた出来のいいダガー……ジャンク品の樽の中に、また無造作に入れられている。

「ほら、出来上がったぞ。こちらも久々に楽しい仕事ができた。やはり、魔鉄は鍛え甲斐があるな」

魔鉄を打ったのは久しぶりみたいで、親方さんはいい笑顔だ。

「うわあ、とっても綺麗！」

親方さんから武器を受け取ったリズとスラちゃんは、鞘《さや》から剣を抜いて仕上がりに感動していた。

リズが武器を魔法袋にしまう。そのそばでスラちゃんは触手を伸ばし、異空間にロングソードをしまう……って、え!?

今のって、どんな物でも入れられる異空間を作り出す魔法、【アイテムボックス】だよね？

この魔法は空間属性の魔法だ。スラちゃんに適性はなかったはずなのに……なんで？

「スラちゃんねー、この前ゴブリンキングを食べたら、空間魔法が使えるようになったんだって！」

リズよ、重要なことはすぐに僕に教えなさい。

魔法の適性が増えることがあるんだ……と驚きたいところだけど、スラちゃんは過去に同じことをした実績がある。

スライムの中でも希少なハイスライムで、僕とリズに負けず劣らず規格外な子なのだ。

そんな話をしていると、エマさんとオリビアさんはジャンク品が入った樽に目を付けた。

「親方さん、なんで樽の中にあんなにいいダガーがあるの？」

「一目見て、普通のものとは出来が違うと分かりますのに……」

案の定、例の出来のいいダガーについて親方さんに聞いている。

お、どうやら二人もあの武器の真価《しんか》を見抜いたらしい。親方さんはイザベラ様と顔を見合わせ、ニヤリと笑った。

「ははは、さすがは領主様の娘たちだ。お前たちの二人の兄とその婚約者もすぐに見抜いたぞ」

二人の兄とは、長男のジェイドさんと王立学園に通っている次男のマイクさんだろう。今は王都で暮らしているけど、このお店を訪れたことがあったみたいだ。

婚約者っていうのは、ソフィアさんのことかな。

「うふふ、さすがでしょう?」

イザベラ様、なんだか親方さんと親しげだ。このお店のこと、知っていたっぽい。

「ホーエンハイム辺境伯家たるもの、武器の良し悪しくらい自ら判断できなければなりません。どうやら、エマとオリビアも合格みたいですね」

「もちろん合格だ。二人とも、来年から王立学園に通うんだろ? 授業で必要な剣は俺が打ってやる」

「「ありがとうございます!」」

もしかしたらイザベラ様、事前に話を通していたのかも。親方さんとエマさんたち姉妹とでスムーズに話が進んでいく。

エマさんたちは、早速剣を試しながらどんなものにするか話をしていた。

イザベラ様は、おかみさんとにこやかに会話をしつつお会計をしている。

間違いない。ジェイドさんとマイクさんが入学する時も、イザベラ様は同じことをしたはずだ。

「よし、こんなところでいいだろう。エマ様たちの武器は一か月半もしたらできるはずだ」

「「よろしくお願いします！」」

エマさんとオリビアさんが声を揃えてお礼を言う。

どうやらあちらは終わったみたいなんだけど……親方さんが僕とリズを手招きして、二振りのレイピアを出してきた。

「このレイピアに魔力を込めて、魔鉄にしてくれないか？　領主様にはもう相談してあるから、怒られる心配はしなくていいぞ。エマ様たちの武器はただの魔鉄で打つこともできるが……せっかくだし、お前たちの魔力が込もった物のほうが、大切にするだろう？」

なるほど。そういうことであれば……

「えっと、リズとお兄ちゃんとスラちゃんの三人でやっていい？」

「いやいや、そんなことをしたらとんでもないものができちまう。アレクとリズで一本ずつ頼む」

さすがは親方さん、とんでもないことを言い出すリズを止めてくれた。

僕も親方の意見に賛成だし、二人と一匹の魔力が込められた剣だと、エマさんとオリビアさんが扱いきれなくなってしまうと思う。

ということで僕とリズはそれぞれレイピアに魔力を込め、親方さんに返した。

「上等だ。出来上がったら、また領主様のところに連絡する」

こうして、エマさんとオリビアさんの学園用の剣選びも順調に進んだ。


夕食時、ヘンリー様に今日の出来事を報告する。武器屋さんでのことを伝えると、親方さんの話になった。

「彼には領内の騎士の武器も作ってもらっているんだが……あの人が本気で打った武器を持てるのは、君たちと同じようにジャンク品の樽の仕掛けを見破り、よい得物を選んだ者だけだ。親方は国内有数の鍛冶職人だからな」

「そうなのよ。いくら領主の娘とはいえ、見破らないと親方の剣は与えられないから、黙っていたの。近々連れていくつもりだったから、アレク君たちの武器の納品とタイミングが被ってちょうどよかったわ」

ヘンリー様もイザベラ様もとっても真剣な顔だ。エマさんとオリビアさんも二人の言葉をしっかりと聞いていた。

「いい武器には、それを使う者としての責任が伴《ともな》う。アレク君はリズちゃんが危ないことをしようとしたら、ちゃんと止めてくれるだろう？　その辺は心配していないし、私たちも見守る。自分の武器を変えたくなったら、親方に頼んでごらん」

僕もリズもまだ小さいので、今は親方さんが打ち直してくれた剣があれば十分だ。まあ……リズとスラちゃんは、大人サイズの武器を魔法を駆使して振るう戦法を取っているけど。

再び調整する必要も、当分はなさそうだ。

◆◇◆

僕とリズの日課。それは朝、いとこのミカエルと触れ合うこと。

彼は実の親から邪険《じゃけん》にされていた過去がある。だから、時間がある時はできるだけ会いに来るようにしているんだ。

「ミカちゃん、こっちだよ」

「あうー！」

ぺたぺた。

ミカエルもついにハイハイができるようになった。スラちゃんに見守られながら、元気よくリズのもとに向かっていく。

「アレク様とリズ様のおかげで、ミカエル様も随分と感情が豊かになりました」

ミカエルのお世話係の人が嬉しそうに言う。

「僕もリズも両親がいませんし……何より、ゲインとノラのところで育ったので、つらさが分かります」

「正直なところ、あのままバイザー伯爵のもとにいたら、ミカエル様は今頃亡くなっていたかもしれませんね。私たちも安心しております」

僕はなんとなくミカエルの気持ちが分かる。この子はゲインの実の息子なのに、まったく愛情を注がれずに育った。前世の僕とおんなじだ。

お世話係の人の言う通り、安全なところで愛情を持って育てるってとても大事なんだなとしみじみ感じる。

「リズ、そろそろギルドに行く時間だよ」

「はーい！　ミカちゃん、帰ってきたらまた遊ぼうね」

「あうー」

リズはスラちゃんを抱えてこちらに来た。侍従に抱かれたミカエルとハイタッチを交わす。

可愛い妹分も、だいぶお姉さんっぽくなってきた。

僕もミカエルの手にタッチをして、リズたちと一緒に冒険者ギルドに向かった。

「おう、久々だな」

「元気だった？」

「ジンさん、レイナさん！　お久しぶりです」

「リズはいつも元気だよ！」

ギルドに着くと、ジンさんとレイナさんが僕たちを見つけて声をかけてきた。

この前、僕たちの冒険者ランクが上がった時も依頼でいなかったから……なんだか久しぶりに会う気がする。

「カミラさんたちはいないんですか？」

「指名依頼が入ったみたいでな。この間から、王都に行っているんだ」

あらら。カミラさんたちはまたしても指名依頼なのか。わざわざ王都まで向かうなんて、とっても大きな仕事に違いない。

「じゃあ、王都に行ったら会えるかな？　明日、第三の日だからリズもお城に行くの！」

「リズ、僕たちは勉強するために王城に行くんだよ？　それにカミラさんたちは王都で指名依頼を受けるだけ。お城まで来るかは分からないって……」

「ふふふ、アレク君の言う通りね。リズちゃんはお勉強を頑張らないとね」

僕とレイナさんにダブルで言われちゃったからか、リズは少ししょんぼりしてしまった。

話題を変えよう。

「ジンさんとレイナさんは、なんの依頼を受けに来たんですか？」

「今日はお前たちのお守《も》り……もとい、薬草採取に行く連中の護衛だ。たまには、こういう日があってもいいかと思ってな」

「初めて依頼を受けて薬草採取に向かう人が何人かいるのよ。リズちゃんもFランクになったし、先輩としていろいろと教えてあげないとね」

「おお！　リズ、いっぱい教えるよ！」

さすがはレイナさん、リズをあっという間にやる気にさせた。

受付を済ませた人を眺めると、確かに初めて見る人もいる。中には十歳くらいの子どももいた。

みんな、薬草採取用のセットの一つ、背負いかごを持っているから、とても分かりやすい。

もう何回もこの仕事で一緒になっているお姉さんが、初めての人たちにいろいろ教えていた。

僕たちも受付を済ませると……リズとスラちゃんが早速初めての人に突撃しに行った。

まったくもう。二人とも、テンション上がりすぎだよ。

「ははは。受付も全員終わったみたいだし、そろそろ行くか」

「あまり待たせると、リズちゃんが待ちきれなくてみんなを森に連れていっちゃうわ」

レイナさんは微笑ましいって感じだけど……

リズはすでに集団の先頭に立って、「出発！」とか言っている。スラちゃんもリズの頭の上に乗り、一緒になって触手を上げていた。

僕は思わず苦笑する。そして、ジンさんたちとリズの後を追いかけた。


「あっ、ウルフだ」

町を出て森を少し進むと、もうお馴染みの魔物、ウルフが五頭現れた。こちらを警戒しているのか、相手はまだ襲ってこない。

周囲を【探索】して魔物の反応を探ったけど、周囲にいるのはこのウルフたちだけだ。

「あれがウルフ……！」

「ちょっと怖いよう」

僕やリズはもう慣れっこだけど、初めて薬草採取に来た人は少し怯《おび》えている。

その様子を見て、ジンさんが口を開いた。

「初めてのやつもいるからちょうどいいな。森に入れば、いつ野生の動物や魔物が現れるか分からない。だから、慣れないうちは集団で行動するようにしてくれ」

「この町のギルドは集団で、かつ護衛か実力者が同行して薬草採取に行くから大丈夫だけど……他のところで依頼を受けると、一人になっちゃう場合もあるわ。気をつけるのよ」

「「はい」」

レイナさんが注意すると、初心者たちは頷いた。

さて、このウルフをどうしようか？　僕たちが倒していいのかな？

「ジンさん、レイナさん。あのウルフはどうします？」

「せっかくいい教材があっちから現れたんだ。俺が他のやつらに倒し方を説明するから、アレクたちで実際に戦ってみてくれるか？」

ということで、薬草採取の人はジンさんとレイナさんが護衛しつつ、僕とリズとスラちゃんでウルフ討伐のお手本と見せることに。

「ウルフは毛皮が素材になる。なので、なるべく頭を狙うようにするんだ。まあ、最初はできないと思うから、比較的柔らかい腹を狙うといいぞ」

ジンさんがウルフを指差しながら、初心者に説明している。

前に出た僕とリズに狙いを定め、ウルフは戦闘態勢になった。

「アレク。どれでもいいから、まずは一頭倒してくれ」

ジンさんからのご指名で、僕は【アースバレット】を発動した。土の弾丸《だんがん》がウルフの頭目掛けて飛んでいく。

シュイーン、ズバ！

鋭利《えいり》な土の塊《かたまり》を高速で飛ばしたことで、危なげなく倒せた。僕が一撃でウルフを仕留めると、他の人たちがおおっ！　と歓声を上げる。

「あとで血抜きのやり方を教えてやるが……ああして頭を潰せば、毛皮を高値で買い取ってもらえるぞ」

「じゃあ、残りのウルフをリズちゃんとスラちゃんに退治してもらおうかな？」

「はーい！」

ジンさんの説明を聞いてメモを取る人たちを尻目《しりめ》に、レイナさんがリズとスラちゃんに声をかけた。

リズたちは、ウキウキしながら愛用のファルシオンとロングソードを取り出す。

幼女が魔法袋から、スライムが異空間からでっかい剣を引っ張り出したのを見て、初心者の皆さんが唖然《あぜん》とした。

「とー！」

ズバッ、ズバッ！

【身体強化】を使ったリズとスラちゃんによって、残りの四頭のウルフはあっという間に首を切断された。

ニコニコしながらリズが戻ってくる。スラちゃんは早速ウルフの血抜きを始めていた。

「あんな感じで首を落とせば、血抜きも簡単にできる。血を抜き終わったら、土を掘《ほ》っていらない部位を埋《う》めておくといい。森の中にいる野生のスライムが、ああして勝手に溶《と》かしてくれるぞ」

ジンさんはリズに頭を落とされたウルフを一頭使って、初心者たちに血抜きのやり方を見せている。

スラちゃんは「もう野生のスライムじゃない！」と言いたげに触手を振って抗議をしつつ、残りのウルフを処理した。

ジンさんの講座が終わったところで、初心者の数人が僕たちに質問してきた。

「あの……リズちゃんって、どうしてあんなに大きな剣を使えるの？」

「アレク君は魔法使いでしょ？　魔法を使って倒していたし」

あっ、そうか。普通、幼女とスライムが大人用の剣をブンブン振り回せるはずないもんね。何も知らない人からしたら、疑問に思うだろう。

「リズもスラちゃんも、お兄ちゃんと同じ魔法使いだよ！」

「「えっ？」」

元気いっぱいなリズの答えに、質問者たちの声が揃った。

剣を振るうにあたって、リズとスラちゃんは【身体強化】を使った。ただ、これは僕が発動した【アースバレット】のように、魔法を使う時に分かりやすく魔法陣《まほうじん》が輝くわけではない。

「リズちゃんは……魔法剣士《まほうけんし》ってところね。初めて会った時は魔法使って戦っていたけど、今じゃ剣を持って戦えるもの」

「おお、リズは魔法剣士なんだ！」

レイナさんの言う通り、僕たちの役職は言うなれば魔法使い兼剣士……魔法剣士に近い。

質問が終わったので、みんなで薬草採取を始める。

「リズがみんなに採り方を教えるよ！」

再び初心者たちの先頭に立って、リズとスラちゃんが薬草の見分け方や採り方を教えていく。僕から見ても、立派な先生ぶりだ。

「リズちゃんって、最初に会った頃はお兄ちゃんの後をついていく妹って感じだったのに……いつの間にか面倒見がよくなって。なんだかお姉さんぽくなったわね」

「ゲインの子ども――ミカエルの面倒を見ているからだと思います。毎日、積極的に絡みに行っていますし」

「事情はすっかり聞いたけど……その子も不憫《ふびん》な環境で育てられたものね。だからリズちゃんもお姉さんぽくなったのか。アレク君はずーっとしっかりとしたお兄ちゃんって感じだわ」

リズのことを見つめ、レイナさんが複雑な表情で感想を漏らす。

すでにバイザー伯爵家の処分は決定している。貴族以外にも一連の事件が知らされており、僕たちのことも含めていろいろなことが公になった。

ゲインとノラが僕たちだけでなく、実の子どもも育児放棄《いくじほうき》していたことは、人々に衝撃的に受け止められていた。

貴族の子どもが乳母《うば》や侍従に育てられるのは珍《めずら》しくないけれど、病気の治療さえせず放置するとなると、ありえないことらしい。今やリズは、そんなミカエルの姉代わりだ。

愛情深く接していて、ミカエルだけでなく彼女自身にもいい影響が出てきているみたい。

薬草採取は午前中で終わり、ジンさんとレイナさんと一緒に冒険者ギルドで昼食を食べてから屋敷に戻った。

屋敷に戻ると一気に疲れが来た。眠くなってしまった僕は、リズとミカエルと一緒にお昼寝タイムだ。

「すー、すー」

「屋敷に戻ったら、すぐにお昼寝か。こういうところは子供らしいな。それにしても可愛らしい寝顔だ」

「どんなに凄くても、まだまだ小さな子どもよ。アレク君とリズちゃん、強くて聡明だから何かと頼ってしまいがちだけど……今日は初めての人もいたらしいから、知らないうちに気を張っていたのね」

眠りに落ちる間際《まぎわ》、ヘンリー様とイザベラ様の声が聞こえた気がした。

◆ ◇ ◆

翌日。

今日はヘンリー様と一緒に帝国訪問に向けての話し合いがある。いつもの勉強はお休みだ。

王城に着くと、早速打ち合わせになった。

ちなみに今回同席するのは、陛下ではなくニース宰相と初めて会う男性。なんでも外務卿《がいむきょう》らしいけど……

「こうして会うのは初めてかな？　外務卿を務めるワーグナーだ。よろしく」

「アレクサンダーです。外務卿閣下《かっか》、今日はよろしくお願いします」

「エリザベスです！」

「うんうん、二人とも噂通り、可愛くて礼儀正しいんだな。これからよろしくね」

ワーグナー外務卿は紫色《むらさきいろ》の髪をオールバックでビシッと決めていて、眼鏡をかけている人物だ。

とっても背が高くって、背筋をピンと伸ばした姿が印象的だ。知的な感じが立ち居振る舞いから見て取れた。

ヘンリー様が耳打ちしてくれたところによると、彼は伯爵でもあるらしい。

部屋にいたのはニース宰相とワーグナー外務卿だけだった。ヘンリー様とティナおばあ様と一緒にしばらく待っていると、遅れてアリア様とエレノアが合流する。

「早速打ち合わせに入りたいのだが……その前に帝国に一緒に行く者たちを紹介しよう」

そう言ったニース宰相が、外にいる人を呼ぶように侍従へ伝える。

ドアを開けて部屋に入ってきたのは、最近一緒にいることが多くなってきた近衛騎士のお姉さん。

さらに別のお姉さんがもう一人。彼女もまたよく会う近衛騎士で、僕たちとは挨拶を交わす仲だ。

以前軍の施設を見学した時、魔法使い部隊と話していたから……多分魔法使いなんだと思う。

さらにさらに、エレノアの誕生日パーティーで見かけた三名の男性の近衛騎士がいた。この人たちちとはあんまり喋ったことがないな……思わず不安になってしまう。

部屋に入ってきた者は他にもいた。貴族のご令嬢らしい服を身に着けた三人の女性で……あれ？

どことなく見覚えがある。この三人ってもしかして――

そう思った時だった。

遅れて二人の侍女が部屋にやってきた。

その顔を見た瞬間、僕とリズは全力で走り出していた。

「「お姉さん、久しぶり！」」

「「坊《ぼう》、お嬢《じょう》！」」

僕たちをそうやって呼ぶのは、たった二人しかいない。

最後にやって来たのは、僕とリズがバイザー伯爵家の書斎《しょさい》に閉じ込められていた頃の恩人——僕たちのことを育ててくれた、お世話係のお姉さんたちだった。

勢いよく抱きつく僕とリズを、二人は温かく抱きとめる。

「申し訳ございません。お二人を置き去りにする形でお屋敷を出てしまい……」

「いいんです。あんなところにいたくない気持ち、僕も分かります」

お姉さんたちは身の回りで不審なことが相次ぎ、身の危険を感じてお世話係の職を辞めたと聞いていた。

二人の後にお世話係になった少女は、ゲインたちによって殺されてしまったそうだ。だから、彼女たちは無事だと聞いてからも心配していた。

僕とリズはお姉さんたちを涙ながらに抱きしめる。二人も溢れる涙を隠さずに、ぎゅっと腕の力を強めた。スラちゃんは彼女たちとは面識がない。けれどいつの間にか僕たちの隣に来ていて、僕とリズの頭を触手で撫で撫でしてくれた。

そんな僕たちの様子を見つめ、ティナおばあ様とアリア様はハンカチで目尻を押さえた。ちなみにエレノアは、何がなんだか分からないと首を傾げている。

「さて、これで全員揃ったな。改めて紹介しよう」

やがて、僕たちはお世話係の二人から離れ、それぞれ席に着いた。それを見届けて、ニース宰相が話を切り出す。

「まずは護衛チームを率《ひき》いるリーダーを紹介する」

「改めまして、近衛騎士のジェリルです。よろしくお願いします」

「同じく、近衛《このえ》魔導《まどう》師《し》のランカーです。よろしくお願いします」

そう言って近衛騎士のお姉さんたちが頭を下げた。何かと関わりが多かったほうのお姉さんがジェリルさん。もう一人、ランカーさんはやっぱり魔法使いだったみたい。

近衛騎士のうち、魔法を専門として護衛に付く人を近衛魔導師と呼ぶそうだ。

男性の近衛騎士三人もそれぞれ挨拶してくれたので、僕はペコリとお辞儀をした。

続いての紹介は、僕が気になっていた三人のご令嬢たちなんだけど……

「なんでドレスを着ているの？　カミラさん」

「リズちゃん、気がついていたの？」

そう、令嬢らしいドレスに身を包んでいたのは、カミラさん、ルリアンさん、ナンシーさんの魔法使い三人娘だった。

ジンさんから「王都での指名依頼がある」って聞いていたけど……なんでこんな格好を？

「三人は儂から指名させてもらった。しばらく帝国に滞在することになるから、気心《きごころ》の知れた者がいたほうが安心するだろう？　それに、カミラは儂の孫娘なんじゃ。お転婆娘《てんばむすめ》だが、腕は確かだ」

そういえば、冒険者の人からカミラさんたちが貴族の令嬢だって話を聞いたような……

ちなみに、ルリアンさんとナンシーさんも他家の貴族の娘らしい。

「ちょっとおじいちゃん？　お転婆娘ってのはないんじゃないかな？」

「お転婆娘じゃないか。官僚試験に合格して近衛魔導師の内定をもらっていたのに、『冒険がしたい』などと言い出しおって」

「そういうおじいちゃんこそ、指名依頼って言っていつも私をこき使って。今回の件も、連絡がギリギリすぎるわ。大慌てで馬を走らせてきたんだから」

「まあまあ、宰相もカミラ嬢も少し落ち着いてください」

「「むぅ……」」

ワーグナー外務卿に嗜《たしな》められ、二人して頬を膨らませる。本当にニース宰相とカミラさんって祖父と孫娘という関係なんだ。

でも、言われてみれば最初に会った時は、カミラさんたちから高貴《こうき》な雰囲気をなんとなく感じたような気も……

「ジンさんとレイナさんも、貴族出身なんですよね？」

以前冒険者からそんな話を聞いたことを伝えると、カミラさんは首を傾げた。

「うーん……正確に言えば、ジンは違うわ。彼は平民出身。ただ、受勲《じゅくん》して爵位を与えられているの。いろんな功績を認められてね。アレク君の言う通り、レイナは貴族出身。公爵家《こうしゃくけ》の出《で》でお父様は商務卿《しょうむきょう》であらせられるわ」

「みんな、王立学園のクラスメイトだったの。ジンは剣技の腕が評価された特待生でね」

ナンシーさん曰く、最初はみんなで近衛騎士を目指したという。実際に試験にも合格していたみたいだ。

「でも、たまにみんなで冒険するのが楽しくて。どうしてもその感覚が忘れられなかったんです。だから冒険者になったんですよ」

ルリアンさんが付け加える。彼女たちに、まさかそんな過去があったとは。

しかも、エリート官僚の道を蹴ってまで冒険者になったなんて……今度ジンさんとレイナさんに会ったら、いろいろ聞いてみよう。

最後にお世話係のお姉さん二人が挨拶をする。

「改めまして、ハンナと申します」

「マヤです。よろしくお願いします」

「こちらこそ、よろしくお願いします。ハンナお姉さん、マヤお姉さん」

「お名前で呼べて、なんだか嬉しいね、お兄ちゃん！」

お姉さんたちの名前は知っていた。

ただ、バイザー伯爵家にいた頃は、いつゲインとノラが現れるか分からなかったから……目を付けられないように、呼ばずにおいたのだ。

ハンナお姉さんは背が高くて、クリーム色のウェーブのかかった髪のおさげがトレードマークだ。

一方のマヤお姉さんはスタイルがよくて、サラサラの緑髪。セミロングヘアがよく似合っていた。

「バイザー伯爵家に関する調査をしている時に、かつてアレク君たちのお世話係をしていた二人と連絡が取れたって言ったでしょ？」

ティナおばあ様の言葉に、ハンナお姉さんが口を開く。

「私が暮らしているところに、ある日カミラ様がいらっしゃって。アレクサンダー様たちの状況をお教えいただいたんです」

「私もハンナから事情を聞きました。今度こそ、最後までお二人の世話をしたいと思い……カミラ様と相談したんです」

「アレク君とリズちゃん、しばらくしたら新しいお屋敷に引っ越すでしょ？　そこでハンナさんたちにも働いてもらおうと思って、私の実家で研修していたのよ。すでに侍女としての能力はバッチリだったから、今後アレク君たちの側仕えとして社交界に出ることを見越《みこ》した、礼儀作法が中心だったけどね」

マヤお姉さん、そしてカミラさんが事の成《な》り行《ゆ》きを教えてくれた。

「そうなの？　ハンナお姉さんたちとまた一緒？」

「はい、ヘンリー様からは『住み込みで働かないか』とご提案いただいております」

「アレクサンダー様たちの新しいお家の準備が、年明けには整いそうとのことで……それまではヘンリー様のお屋敷に通い、下働きをいたします」

「本当？　嬉しいな！」

リズのテンションは、ハンナお姉さんとマヤお姉さんと再会してから上がりっぱなしだ。二人の答えを聞いて、ニコニコが止まらない。

ティナおばあ様が微笑ましそうに孫を見つめる。

「積《つ》もる話は後《のち》ほどゆっくりとするといい。話を戻してもよいか？」

思い出話で盛り上がる僕たちに、ニース宰相が口を挟《はさ》んできた。だいぶ気を遣ってもらっちゃったな。

「では、旅の行程《こうてい》を話すぞ」

そうして、ニース宰相の説明が始まった。

まず、僕の【ゲート】で、王都からホーエンハイム辺境伯領のヘンリー様のお屋敷まで、馬車や荷物を運ぶ。そして辺境伯領を発ち、陸路で帝国の首都……皇都に向かう。

皇城には一週間の滞在を予定しているみたいだ。到着予定日の翌日に皇帝陛下への謁見、そして歓迎《かんげい》パーティーが開かれ、その二日後に皇女――リルム様二歳の誕生日パーティーが開催されるという。

帰りは【ゲート】で王城、あるいはヘンリー様のお屋敷まで戻る……といった流れだそうだ。

向かう途中は【ゲート】を極力使わない。使用するのは緊急時、帝国領内の限られた場所だけだ。

道中は各地の宿にお泊まりするとのことなので、今から楽しみにしている。

「アレク君とリズちゃんに治療してもらったとはいえ、エレノア様は病弱だった。長旅なんてろくにしたことがなかったから、同行させるには不安があってな……アレク君には皇都が近くなったら【ゲート】を繋げ、王城までアリア王妃とエレノア様を迎えに来てほしいんだ。帝国側の許可はもうもらっている」

ワーグナー外務卿に頼まれ、頷く。

もともと【ゲート】を使おうって言い出したのは僕だし、このくらいお安い御用《ごよう》だ。

「私も帝国内では顔が利《き》くわ。私の兄――ランベルトにも連絡を取ることができるから、何かあったらすぐに教えてね」

……道中で何も起きないことを祈ろう。

アリア様はもともと帝国の皇女様だ。とってもいい笑顔を見せているから頼りがいがある。皇帝であるお兄さんにさえ、遠慮《えんりょ》なく物申しそうだ。

「帝国側からは『治療院にいる怪我人を慰問《いもん》してほしい』と依頼が来ているのです。ただ、これは実際の様子を見て決めましょう」

ワーグナー外務卿は、僕とリズとスラちゃんの【合体回復魔法】での治療が、帝国の人たちにいいように使われてしまわないか心配みたい。

異国なわけだし、下手に力を発揮《はっき》して悪い人に目を付けられたら困る。このあたりは、皇帝陛下や帝国の皆さんの様子を見て、かな。

さらにワーグナー外務卿が続ける。

「いくつか会談の予定が入っておりますが、ここはアリア王妃にご対応いただきます」

「アリア様、僕も会議に出てみたいです。いい子にしてるので、お願いします！」

「うーん……相手は私もよく知っている人だし、アレク君なら問題ないでしょう」

リズとエレノアが暇になってしまうけど、スラちゃんにうまいことあやしてもらおう。

「皇都到着後に、帝国側が用意した担当者がいろいろスケジュールを案内するとのことです。詳しい話は、その者に聞くといいでしょう。私からの説明は以上です」

帝国に向けての話し合いはこれで終了。近衛騎士の人とカミラさんたちが部屋を退出した。

護衛のみんなは、帝国に行く当日まで王都に残る。荷物と一緒に、僕の【ゲート】でホーエンハイム辺境伯領へ送り届けるのだ。

「あれ？　ハンナお姉さんたちはどうするの？」

「実は……ヘンリー様のご厚意で、明日から彼のお屋敷で働けることになったんです。皆様が辺境伯領へ帰るタイミングで、私たちも同行させていただきます」

「私とハンナは一度宰相様の屋敷に戻って、荷物を纏めてきます」

「おお、そうなんだ！　じゃあ、またあとでね！」

お姉さんたちはリズと軽く話をして、部屋から出ていった。

今日のリズは終始ニコニコしているなあ。

「リズちゃん、本当に嬉しそうね」

「うん！　ハンナお姉さんもマヤお姉さんも、とても優しいから大好きなの！」

「そう、それはよかったわね」

ティナおばあ様がニコニコと笑うリズの頭を撫でる。

ずっと黙って様子を見ていたエレノアは、なぜか僕のことをじっと見つめてきた。

「アレクお兄ちゃん。あの人たちが、アレクお兄ちゃんとリズのお世話をしていたの？」

「そうだよ。僕たちはお父さんとお母さんがいないから、ハンナお姉さんたちが世話をしてくれたんだ」

「じゃあ、あの二人はアレクお兄ちゃんとリズのお母さん代わりなんだね！」

エレノアが笑みを浮かべる。僕は彼女の頭を撫でてあげた。

みんなが笑顔で、なんだか僕もニコニコしちゃうな。とっても嬉しい再会だった。

帝国に行くドキドキも、ハンナお姉さんたちと会えたことで、随分和《やわ》らいだかも。

◆　◇　◆

ハンナお姉さんとマヤお姉さんと再会を果たした翌日。みんなでホーエンハイム辺境伯領に戻ってきた。

ハンナお姉さんたちは、今日から屋敷のお手伝いをする予定だったんだけど……

「初日から申し訳ありません。今日と明日は半日で上がらせていただけないでしょうか……？」

「私やハンナが王都で研修を行なっている間、自宅に夫を残していたんですが……まさか、あんなにも部屋が汚《よご》れているとは思わなくて……」

「こればっかりはねえ。男の一人暮らしは部屋が荒《あ》れるものよ。ねえ、あなた？」

あっ、イザベラ様に話を振られて、ヘンリー様がそっぽを向いた。過去に似たやらかしをしたみたいだ。

最終的に、イザベラ様の計《はか》らいでハンナお姉さんたちは来週から働くことになった。

イザベラ様は、半日早く上がったところでお掃除《そうじ》が終わらないと睨んだみたい。恐縮《きょうしゅく》したハンナお姉さんとマヤお姉さんが苦笑しているから……多分、そうなんだろう。

「リズも片付けのお手伝いする！」

「リズ、今日は王城に行くことになったでしょ？」

昨日は会議に参加したので勉強ができなかった。

すると、僕とリズに今日の予定がないことを知ったティナおばあ様が「よかったらいつも通りお勉強もしましょう」と提案してくれた。

だから、僕たちはこれから王城に行かないといけない。

「ほら、そろそろ行くよ」

「うー……ハンナお姉さん、マヤお姉さん！　行ってくるね！」

「「お気をつけて行ってらっしゃいませ」」

僕とリズとスラちゃんは、辺境伯夫妻とハンナお姉さんたちに見送られて王城へ向かった。


【ゲート】でいつもの場所に出て、その足で勉強部屋に行ったんだけど……エレノアとルーカスお兄様とルーシーお姉様の他に、なぜかカミラさんたち魔法使い三人娘もいた。

「あれ？　カミラさん、今日はどうしたんですか？」

「おじいちゃんの無茶ぶりよ！　『帝国に行く日まで王都にいるなら、王太子様たちの勉強を見てやってくれ』ですって。まったく……人使いが荒いんだから」

祖父であるニース宰相から頼まれたみたいだ。

カミラさんたちが担当するのは、リズとエレノアとルーシーお姉様。

先生役のみんなは王立学園を卒業した貴族家の子女だから、リズたちにたくさんのことを教えてくれるはずだ。

僕とルーカスお兄様は、アカデミー出身の先生に教わる。

ということで、早速勉強開始だ。今日はこの国……それもここ、王都を中心とした地理を学ぶ。

「王都は周辺をなだらかな山に囲まれており、盆地《ぼんち》になっています」

「盆地って確か、周囲を山地で囲まれているから防衛《ぼうえい》しやすい地形……ですよね？」

「ええ、そうした説もありますね。周囲を山に囲まれながらも、周辺都市とを繋ぐ街道はしっかり整備されています。王都の近郊《きんこう》は水が豊かで、いろいろな作物を育てていますよ」

地形を活かして農業をしている地域があるって、前世に小学校の授業で勉強したっけ。個人的には、盆地と言えば果樹園《かじゅえん》がいっぱいあるイメージだ。

王都の周辺地域は行ったことがない。何か機会があったら見てみたいな。

「へー……やっぱり、アレク君は本当に頭がいいわね。王立学園に入園するのは十二歳からだけど、同じレベルの勉強も問題なくついていけそうだわ」

おや？　いつの間にかカミラさんがこちらに来て、勉強する僕たちを覗いている。

「本で読んで、なんとなく知っていたんです。僕とリズ、バイザー伯爵家にいた頃は書斎で育ったので」

「ああ、そういうことね。リズちゃんも年齢のわりにかなり利発《りはつ》だけど……アレク君は別格だわ。本好きな人って、たまに幼い頃からとんでもなく頭がいい子もいるわよね」

カミラさんの言葉に、ルーカスお兄様とアカデミーの先生もうんうんと頷いている。

ふう、うまくごまかせた。僕は前世の記憶があることを内緒にしている。この言い訳で納得してくれるなら好都合《こうつごう》だ。

こちらを見に来たカミラさんだけど、勉強を教わっている面々はどうしたんだろう。

「「「ふしゅー……」」」

リズたちを見に行くと……なぜか燃え尽きたように机に突《つ》っ伏《ぷ》していた。

その様子に、ナンシーさんとルリアンさんが苦笑いしている。

「ナンシーさん、みんなはどうしたんですか？　新しいお勉強とか？」

「特別なことは教えてないわよ？　やっている内容はいつも通り。ただ、問題数を多くしたの」

「「「多すぎるよ！」」」

どうやらリズたちは、今まで学んできたことを軸《じく》にたくさんの問題を解《と》く、反復練習をしていたみたいだ。

それはそれで効果があると思うけどな。

ちなみに、勉強しなくていいスラちゃんもリズと一緒にやっていたみたい。潰れているリズを横目に余裕綽々《よゆうしゃくしゃく》って感じで、くねくねと謎《なぞ》の踊りを披露《ひろう》していた。

そうこうしているうちに、勉強部屋に来客があった。ビクトリア様とアリア様、そしてティナおばあ様だ。

「あら。女の子組はお疲れみたいね」

すっかり燃え尽きたリズたち。ティナおばあ様があちゃーっと額に手を当てて、苦笑する。

「「問題多すぎ！」」

「別に勉強方法としては間違っていないわよ」

「そうね。算数のテストなんかは、もっとたくさんの問題を解くもの」

「勉強面だとアレク君がずば抜けているけど、みんなも頭がいいから大丈夫よ」

うん。さすがは大人の、それも王族としての教育を受けてきたティナおばあ様とビクトリア様、アリア様の対応だ。

リズたちの批判をさらっと封じ込めた。

大人たちはさらに追撃を放つ。

「帝国行きが近いから、アレク君とリズちゃんは冒険者としてのお仕事は中止してね。もし怪我して行けなくなっちゃったら、二人とも残念でしょう？」

「せっかくだから来週帝国に行くまで、王城で勉強しましょうってことになったの。安息日《あんそくび》を除《のぞ》いた、あと四日間よ。帝国やこの国の歴史と地理を中心にね。ホーエンハイム辺境伯には、もう伝えてあるわ……もちろん、エレノアもよ？」

ティナおばあ様、そしてアリア様の言葉に、リズとエレノアの顔が青ざめる。

ビクトリア様は、自分の子どもたちに圧《あつ》をかけた。

「ルーカスとルーシーも勉強を頑張るわよね？　アレク君に負けてられないって、前に言ってたものね」

「「「そんな！」」」

ここにきて、まさかの連日勉強漬《べんきょうづ》けが決定。僕以外の四人の子どもたちが、悲鳴を上げた。

みんな、咄嗟に勉強部屋からの逃亡を図《はか》ったけど……当然ながら逃げ切れるはずがない。

全員がヘロヘロになるまで勉強したのであった。

第四章　アダント帝国へ出発

いよいよアダント帝国へ出発する日がやってきた。

連日の勉強でヘロヘロになっていたはずのリズは、問題集から解放されて元気いっぱいだ。

さてと……僕は【ゲート】で王城とホーエンハイム辺境伯領を繋いで、馬車を引く馬も含めた荷物を辺境伯領に運び込まなくちゃ。

「いったん、王城へ行ってきます」

「行ってきます！」

「行ってらっしゃい。気をつけてね」

イザベラ様に見送られながら、僕とリズとスラちゃんは王城に移動した。


いつものティナおばあ様の部屋にやってくると、彼女の他にも王家の面々が勢揃いしていた。

「おはよう、アレク君にリズちゃん」

「おはようございます、ティナおばあ様」

「おはよう、おばあちゃん！」

ティナおばあ様と挨拶を交わす。リズはスラちゃんと一緒に、元気よく手を上げた。

「アレク、これが帝国からの招待状だ。そして……念のため、この武器を持っていくといい。これは代々王家に伝わってきたものでな。人に見せれば、一目でブンデスランド王家に近しい者だと悟《さと》るはずだ。近衛騎士には通信用の魔導具を持たせているが……道中は十分気をつけるように」

「はい、お預かりします」

陛下から招待状と王家の紋章《もんしょう》が描かれた短剣を預かる。とても大切な品だから、なくさないようにしないと。

「すでに警護の者は揃っている。このまま中庭へ向かうぞ」

そう言って陛下は先陣を切って歩き出した。従者が慌てて後を追う。

王様がそれでいいのかいと思いつつ、僕たちは中庭を目指した。

中庭にはそこそこの大きさの馬車が用意されていた。なんでも近衛騎士が交代で御者《ぎょしゃ》をする予定らしい。もちろん、護衛の人たちが乗る馬もいるし、馬用のご飯なんかが入った専用の魔法袋も準備済みだ。

ちなみに、僕も魔法袋を新調した。道中の着替えや謁見用の服を入れている。

「アレク様、リズ様、おはようございます。お待ちしておりました。こちらはいつでも出発できます」

「今日からしばらくの間、よろしくお願いします」

近衛騎士のジェリルさんと近衛魔導師のランカーさんが、護衛のみんなを代表して挨拶する。

二人の後ろにはお揃いの服を着たカミラさんたち魔法使い三人娘がいて、僕とリズにニコッと微笑みかけた。

「アレク君もリズちゃんも、道中は気をつけてね。悪い人についていったら駄目よ」

「私とエレノアは王城で待っているけど……何かあったら、すぐに呼ぶのよ」

ビクトリア様とアリア様は僕たちの頭を撫で、ハグをしてくれた。ルーカスお兄様とルーシーお姉様、そしてエレノアとも軽くハグをする。

「二人のお土産話《みやげばなし》を楽しみにしているわ」

「はい、無事に帰ってきます」

「おばあちゃん、行ってきます」

ティナおばあ様とも抱き合い、僕はこの場所とヘンリー様のお屋敷とを結ぶ【ゲート】を繋いだ。

扉の向こう側から、ヘンリー様がこちらにやってくる。

「ヘンリー。向こうでの見送りは任せたぞ」

「かしこまりました」

陛下とヘンリー様が話をしている間に、護衛のみんなは荷物を持ち、馬を引いて【ゲート】を通っていく。

二人のお話が終わった頃、僕はリズと共に見送ってくれたみんなに手を振った。

そして【ゲート】を通過して、ホーエンハイム辺境伯領に戻る。

ヘンリー様のお屋敷の前で、出発に向けた最後の準備をしないとね。


辺境伯領に戻ると、僕とリズの侍従になってくれたハンナお姉さんとマヤお姉さんが、大荷物を抱えて馬車に乗り込むところだった。二人には、あとで魔法袋を作ってプレゼントしよう。

「カミラ、くれぐれも二人を頼む」

「はい、お任せください」

「何かあったら、リズが全部倒すよ！」

ヘンリー様がカミラさんにお願いしている横で、リズが手を挙げてアピールした。

「リズ、今回は本当に危ない時だけしか戦わないよ。そもそも、近衛騎士のみんなやカミラさんたちもいるんだから。多分、僕たちの出番はないよ」

「ぶー」

リズ、今回はおとなしく馬車に乗っていましょう。スラちゃんはカミラさんたちと一緒に魔物を退治しちゃいそうだけどね。

「道中は気をつけるのよ」

「アレク君もリズちゃんも、怪我しないでね！」

「旅のお土産話、楽しみにしてますね！」

僕とリズは、イザベラ様、エマさん、オリビアさんとハグをした。

最後にヘンリー様を見上げる。

「では、アダント帝国に行ってきます！」

「行ってきます！」

「ああ、行ってらっしゃい」

僕たちはヘンリー様にさよならの挨拶をして、馬車に乗り込んだ。

「では、出発！」

すぐにジェリルさんの掛け声で馬車が動き出す。僕とリズは窓を開け、ホーエンハイム辺境伯家の皆さんに向かって大きく手を振った。

ヘンリー様たちはずっとずっと手を振り返してくれた。

ちなみに、辺境伯領を通っている間は、この地の騎士団も護衛をしてくれるらしい。「ちょうど国境沿《こっきょうぞ》いにいる部隊と交代するタイミングだったから」と言っていたけれど、僕たちとしては助かるな。

「アレク君とリズちゃんにはうちの騎士もお世話になっている。部隊のメンバーには、君たちに治療してもらったやつもいるんだ。このくらい、なんてことはないさ」とは部隊の隊長さんの発言だ。

しばらく進んでいくと、乗合馬車《のりあいばしゃ》に遭遇した。なんでもこの馬車も国境付近まで行くそうなので、せっかくだから途中まで一緒に向かうことになった。

「リズちゃん、王国を代表して帝国を訪ねるなんて凄いわね」

「うん！　リズ、とっても楽しみなの！」

よく薬草採取で一緒になるお姉さんがたまたま乗合馬車に乗っていた。リズは馬車の窓から顔を覗かせ、お姉さんといろいろお喋りをしている。

お姉さんの他にも、向こうの馬車に乗っていたのは、顔見知りの冒険者や商店街の人たちばかり。みんなはニコニコしながら彼女の話を聞いていた。

僕とリズの出自《しゅつじ》を町の人たちは知っている。僕たちが王族の血を引く貴族だと知ってからも態度を変えず、普通に接してくれるのでとってもありがたいです。

「ふふふ。アレクサンダー様とエリザベス様は、すっかり町の一員なのですね」

「みんな、僕たちのことを気にかけてくれるので、本当に嬉しいです」

僕は反対側の窓を開け、馬に乗って馬車と並走するジェリルさんとお話しする。

「貴族の中には、平民に尊大《そんだい》な態度を取られる方もおりますが……ホーエンハイム辺境伯領では住民との距離感が近いように感じます」

「僕も前から感じていました。うーん、なんでだろう？」

ヘンリー様は身分に関係なく、誰に対しても分け隔《へだ》てなく接する。イザベラ様たちご家族も同様だ。

奉仕活動の時だって、町の有力者も商店街のおかみさんもみんなが一緒になって働いていたし。

「ホーエンハイム辺境伯領はアダント帝国と接しているでしょ？　ここは国防の要。帝国は友好国だけど、国境の警備を緩めるわけにはいかないの。有事《ゆうじ》の際は、兵士だけでなく住民の協力も必要だわ。だからこそ、ホーエンハイム辺境伯に限らず、各地の辺境伯は住民と協力して領地の運営にあたっているのよ。もちろん、ヘンリー様たちのお人柄もあるでしょうけどね」

「あっ、だからゴブリンが襲撃してきた時も、すぐにみんな避難したり、救護活動《きゅうごかつどう》を開始したりできたんですね」

「そうよ、よく分かったわね。ああして大きな戦闘があった時は、町の人総出《そうで》で復旧作業をすることになっているのよ」

カミラさんが僕にいろいろ教えてくれた。

ふむふむ、そういうことだったのか。貴族も平民も、みんなで一緒に町を守っているからお互いに信頼があるんだ。

馬車は順調に進んでいった。お昼の時間になった頃、僕たちは街道の途中にある村に到着した。

僕たちの馬車を引く馬も乗合馬車の馬も、飼《か》い葉《ば》を食べさせたり馬具や蹄《ひづめ》の手入れをしたりする必要がある。ここで一度休憩《きゅうけい》をします。

「お馬さん、お疲れ様だよ！」

「「ヒヒーン！」」

リズとスラちゃんはハンナお姉さんとマヤお姉さんに抱っこしてもらって、馬の鼻のあたりを撫でる。ご飯だと分かってご機嫌なのか、馬は元気よく嘶《いなな》く。

街道沿いにあるこの村は食堂を併設《へいせつ》した宿屋があった。そこでみんなで一緒に昼食を摂《と》る。

「うーん、おいしいよ！　このサイコロステーキ、とっても食べやすい！」

「うんうん、そうかい。いっぱい食べるんだよ」

口いっぱいにお肉を頬張ってご満悦《まんえつ》のリズに、宿屋のおかみさんはニコリと笑った。

見るからに貴族っぽい馬車に乗っている僕たちだけど、おかみさんはあまり気にしていない。僕やリズが誰とでもよく話すのを見て、かしこまらなくていい相手だと思ったみたいだ。

「街道を通る時は貴族の人もここに来るんですか？『庶民《しょみん》の料理なんか食べられん！』って怒れることはないですか？」

「あるよ。いつだったか、ベストールとかいうお貴族様がこの村に来たことがあるけど……一流シェフを帯同《たいどう》させているとかで、食堂には近寄りもしなかったね。ただ、うちの店の料理を楽しみにしてくれている貴族ももちろんいるわ」

うーん、謁見の場で見たベストール侯爵一派は、服が物凄く豪華だった。普段から無駄遣《むだづか》いが多そうだ。一体どうやってお金を稼いでいるんだろう？

そんなことを思いつつ、リズの様子を見る。彼女は森で薬草採取をした時に採った甘いベリーをみんなに渡して回っていた。

もちろん護衛の人たちだけじゃなくて、乗合馬車組や騎士部隊にも配っている。

みんなが「おいしい、おいしい」と食べるので、リズは得意げだ。

「すみません、リズが勝手なことをしちゃって……」

「いいってことよ。リズちゃんのことはみんな知っているし、甘いものは食後にちょうどいい」

「そうだそうだ。兄貴《あにき》もあんま気にするな」

騎士部隊の人たちが気にするなと手を振った。

僕もリズからベリーをもらったけど、とても甘くておいしかった。

ハンナお姉さんとマヤお姉さんがニコニコしながらこちらを見つめる。

「うん？　どうかしましたか？」

「お二人ともいい子に育ってくれて、嬉しいです」

「本当に大変な目に遭っていたのに、まっすぐ素直な子になって……そう思うと、とても感慨深くなってしまって」

「きっと、ハンナお姉さんとマヤお姉さんが、僕たちを大切にしてくれたおかげです」

三人で笑い合って、休憩時間は終了。

馬車の準備ができたので、再び出発したんだけど……満腹感《まんぷくかん》と馬車の揺れが気持ちいい。僕とリズはハンナお姉さんたちに膝枕《ひざまくら》をしてもらってお昼寝したのだった。

馬車はどんどん進んでいき、日が暮れる前には国境に最も近いホーエンハイム辺境伯領内の町に到着した。僕とリズも、タイミングよく起きる。

僕たちの馬車と乗合馬車は停留所《ていりゅうじょ》が違う。お互いの目的地へ向かうため、乗合馬車と騎士部隊とはここでお別れすることに。

「ばいばーい！」

「おう。明朝、見送りに行くぞ」

リズが手を振ると、乗合馬車に乗る冒険者が手を振り返した。

そのまま馬車は町中を進み、この町一番の宿屋の前で停《と》まった。ここが今夜の宿。警備を万全にするためにも、僕たちが宿泊する建物は陛下から指定されている。

無事に着いたこと、報告したいな。

そう思っていたら、ジェリルさんが通信用の魔導具を取り出してヘンリー様に連絡を取ってくれた。

『そうか、まずは順調に国境まで着いたか』

『明日も朝早いのだから、二人とも夜更《よふ》かしはしちゃ駄目よ』

「「はーい」」

まずはヘンリー様とイザベラ様に挨拶をして、次に王城で暮らすティナおばあ様に繋ぐ。

『旅は自分で思っている以上に疲れが溜まるものよ。ゆっくりと休んでね』

「『はい！』」

僕も同じ考えなのだけれど……リズがはしゃいで眠れなくならないか、とっても不安だ。

連絡を終えてしばらくすると、夕食の時間になった。

「わー！　このトマトソース、とってもおいしいよ！　ハンバーグの中からおいしいお汁《しる》も出てくるの！」

「お褒めいただき恐縮です」

護衛のみんなは警備の打ち合わせだそうで、僕とリズが先に夕食をいただく。メインはハンバーグなんだけど、小鉢《こばち》の料理もおいしい。

とってもおいしそうに食べるリズを見て、挨拶に来た支配人はニコニコしていた。

リズが口の周りをソースで汚すので、その都度、ハンナお姉さんに綺麗にしてもらっていた。

ちなみに、スラちゃんは毒見を兼ねて先に夕食を食べたらしい。いちおう毒見役は近衛騎士の人たちが担当しているけど……いつの間にか、スラちゃんも便乗《びんじょう》していたみたいだ。

あっという間に就寝時間が来たので、泊まる部屋に移動する。

僕とリズで一つのベッドを使う。護衛役として、ジェリルさんが一緒の部屋に入った。

「お二人は本当に住民の皆さんに愛されていますね。陛下も常日頃《つねひごろ》から『貴族はもっと平民に寄り添わないとならない』とおっしゃっていますが、それを体現《たいげん》していらっしゃいます。王国軍でも——」

旅をしている間はあまり勉強の時間が取れない。代わりに、ジェリルさんからいろいろなお話を聞いた。たとえば、闇ギルドが絡んだとされる昔の紛争《ふんそう》を受けて、この国を含むたくさんの国で軍隊の戦法の改革が進んだらしい。

「さて、明日は早いですよ。もう寝ましょう」

「『はい、お休みなさい』」

ジェリルさんに促されてベッドに入った。慣れない馬車旅というのもあって、リズと一緒にすぐに寝てしまう。

ちなみに……近衛騎士の皆さんは交代で仮眠を取り、僕とリズの警備に付くそうだ。本当にご苦労様です。

◆　◇　◆

翌朝。リズと一緒にうーんっと伸びをしていると、マヤお姉さんが「朝食ができた」と呼びに来た。いつの間に僕たちの警備を変わっていたのか……近衛騎士のお兄さんの話によると、ジェリルさんはすでに他の近衛騎士と共に朝食を済ませ、今日の行程について話し合っているという。

僕たちは食堂に向かった。

「あっ、朝食はお粥《かゆ》なんですね。珍しい……」

「このあたりは稲作《いなさく》が盛《さか》んなので、朝はお粥を食べるところが多いのですよ」

支配人の説明を聞きながら、早速食べる。

お魚の出汁《だし》がよく出ていて、お粥はとてもおいしい。リズとスラちゃんなんか、朝からお代わりしているくらいだ。


「さあ、準備ができましたよ」

「おお、かっこよくできてる！」

朝食を摂った後は出発に向けて着替える。今日は、帝国に入るので王族らしい服装だ。リズは髪をセットし、ティアラを被っている。これで小さくてもとっても綺麗なお姫様の完成だ。

リズの意見を受けて改良され、ドレスはかなり動きやすくなった。着た本人も喜んでいるが……そこは「かっこよくできてる」じゃなくて、「可愛くできてる」って言わないと。

スラちゃんはリズの格好を見て、触手を叩いて拍手《はくしゅ》した。僕もみんなも「可愛い」と褒めたけど、中身がお転婆だとなあ……

「お、その格好だと本当のお姫様だな」

「うんうん、とっても可愛いわよ。アレク君もかっこいいわ」

「えへへ、ありがとう！」

僕とリズが馬車に乗り込むタイミングで、予告通りに乗合馬車組の皆さんが見送りに来てくれた。

みんな、僕とリズの服装を見て相好《そうごう》を崩す。またしてもみんなに「可愛い」と言われ、リズはご満悦だ。

「行ってきまーす！」

馬車の窓から身を乗り出し、リズが元気よく手を振る。

「気をつけてなー！」

「おお、噂のお姫様か！　お兄ちゃんと頑張れよー！」

見送りに来た人に加えて、通りかかった町の人たちも声をかけてくれた。どうも、僕とリズは辺境伯領内での活躍が噂になっているみたい。

数時間後。馬車は国境の検問所《けんもんじょ》に着いた。僕はジェリルさんに頼んで手続きを見学させてもらう。

先方にも僕たちのことは伝わっているので、話が早い。しばらくして、手続きが完了した。

「お待たせして申し訳ありません。なんせ、最近は闇ギルド関係で警備が厳重になっておりまして」

そう謝るのは検問所の人だ。

「それは仕方ないですよ。どの国も、国境警備は大切ですから。僕も闇ギルドと戦ったことがあるので、苦労する気持ちはよく分かります」

そう言うと、検問所の人にとても驚かれた。僕とリズのことは王家の血を引く凄腕の冒険者だと伝えられていたみたいだけど、まさか四歳児だとは思わなかったらしい。

検問所を無事に通過し、僕たちは帝国に入国した。


検問所を出てしばらく進むと、帝国側の国境沿いの町に到着した。ここはかなり大きい町だ。

「とても栄《さか》えている町ですね」

「王国との交易《こうえき》の中心地ですので、商会が多いんですよ」

ジェリルさんは物知りだ。

これから、この地の領主様に挨拶に行く。

町中は多くの人でいっぱいだ。市場も活気が溢れていて、いろいろな商品が売られていた。なんとなく僕とリズが暮らす辺境伯領の町と雰囲気が似ている。

町の領主邸《りょうしゅてい》に辿り着くと、馬車を降りた。僕とリズに加えて、護衛として何人かの近衛騎士がついてくる。

僕たちを出迎えてくれたのは、いかにも軍人って感じの貴族だった。

「アレクサンダー様、エリザベス様。ようこそアダント帝国へ。私はこの地を預かるグランドと申します。噂に名高い『双翼の天使』様をお迎えできて光栄です」

そう挨拶をするグランド辺境伯に、僕はお辞儀をした。

「初めまして。僕たちのことを知っているんですね」

「このグランド辺境伯領は、王国に近いですから。ゴブリンキングを討伐したお二人の武勇伝《ぶゆうでん》は、ここでもとても有名な話です」

グランド辺境伯は軍人らしく戦いの話が好きなのか、僕たちの噂を喜んで教えてくれた。だが、すぐに表情を引き締めて忠告してくる。

「あまり時間もないでしょう。アレクサンダー様に一つだけ忠言を。ジャンク公爵という人物にはご注意ください。傍系の皇族なのですが、何かと悪い噂があり……あなたに接触してくるかもしれません。お時間がありましたら、アリア様に確認を取るといいでしょう」

「貴重な意見をありがとうございます。すぐに聞いてみます」

「何かあったらすぐに動く。名君《めいくん》ほど素早い行動を心がけています。アレクサンダー様は聡明でいらっしゃる。旅の安全を願っています」

ありがたい情報を聞いたので、早速連絡してみよう。

通信用の魔導具を使って王城に繋ぐ。

『アレク君、どうしたの？　帝国で何かあったかしら』

通信に出たアリア様に、僕は事情を伝えた。

「――そしたら、グランド辺境伯に『ジャンク公爵に気をつけろ』と言われたんです。早く連絡しないと大変だと思って……」

『ああ……あの馬鹿のことね。ジャンク公爵っていうのは、ブンデスランド王国の侵略《しんりゃく》を唱える開戦派で黒い噂が絶《た》えないのよ。グランド辺境伯が忠告してくれたなら、気をつけるべきね』

アリア様に確認してよかった。

おそらくグランド辺境伯は、「この先何かしらの妨害《ぼうがい》があるから注意しろ」と言いたかったんだろう。

王国を代表してきている僕とリズに何かあれば、大問題になること間違いなしだ。

しかし、アリア様が馬鹿呼ばわりするほどとは……ジャンク公爵って、よっぽど酷い人なんだな。

『グランド辺境伯はとても頭が切れる人物よ。彼がそう言うのだから、道中は注意してね。こちらでもできるだけ情報を整理しておくわ。夜になったら、また連絡してくれる？』

「ありがとうございます」

……これは全員に共有したほうがよさそうだ。

グラント辺境伯に見送られて、僕たちは町を出た。周囲に他の人がいないタイミングを見計らって、僕は馬車を停めてもらい全員に事情を伝える。

「そうなると、確かに警戒したほうがいいわね」

「公爵という立場を利用して、道中の貴族に圧力をかけている可能性があるかも。僕も【探索】で周りをよく見ます」

「道中の食事にも、いっそう注意を払いましょう。ひとまず、今日の昼食はこちらで用意します」

カミラさんと僕、ジェリルさんで今後について話し合う。

村や町に立ち寄っての休憩は最小限にして、昼食も自分たちで用意することになった。自衛は大事だもんね。

「ヒヒーン！」

なんとなく、馬までやる気満々で嘶いている気がする。ここは全員で一致団結だ。

スラちゃんも御者席に移動して、周囲の警戒をしてくれるらしいしね。


パカパカパカ。

街道に出て、しばらくは平穏な時間が続いた。だけど……これはきっとグランド辺境伯領内だったからだ。

少しずつ状況が変わっていく。

グランド辺境伯領を出て少しすると、魔物に遭遇するようになった。今もルリアンさんとナンシーさんがウルフの群れを撃退したところだ。

「はあ！」

「せい！」

「これで大丈夫です。普通、他国の貴賓《きひん》や重鎮《じゅうちん》が街道を通る際は、事前に魔物の討伐を行っておくはず。この遭遇頻度《そうぐうひんど》は異常です」

「間違いなく、何か裏がありそうね」

ジェリルさんカミラさんも、異変に気づいている。

スラちゃんが血抜きしたウルフを回収し、すぐに一行は出発した。


予定よりずっと早く、日が暮れる前に今日泊まる町に到着する。

「そんな状況だったとは！　アレクサンダー様には大変ご迷惑を……冒険者ギルドに街道の魔物の討伐依頼を出していましたが、改めて確認いたします」

本日宿泊するのは、領主であるシェジェク伯爵のお屋敷。道中のことを伝えると、彼女はすぐに僕たちに謝ってくれた。

スタイル抜群《ばつぐん》で、ウェーブのかかった銀色のショートヘア。アリアス・シェジェク様は、この伯爵領を守る女性当主だ。年齢はティナおばあ様よりちょっと若いくらいかな？

シェジェク伯爵が執事に調査を命じてすぐ、とんでもない報告が上がってきた。

「お館様《やかた》。信じられない話ですが……どうも皇都の冒険者ギルドから『無駄な討伐はするな』との圧力がかかった模様です」

「チッ。あのガキの仕業だな」

シェジェク伯爵の背中に般若のオーラが見える。間違いなく激怒《げきど》していた。うーん……僕もリズも思わず震えちゃうほど怖い。

きっと例のジャンク公爵の仕業だろう。またアリア様に報告したほうがよさそうだ。

「シェジェク伯爵、今回の件をアリア王妃に伝えてもいいですか？」

「ぜひともお願いします。皇帝陛下からアレクサンダー様の能力は聞き及んでおります。私の屋敷の中でしたら、【ゲート】を使っていただいても構いません」

シェジェク伯爵の許可をもらって、早速【ゲート】を繋ぐ。アリア様に事情を話し、護衛と一緒にこちらへ来てもらうことになった。

「アリア様、このたびは大変申し訳ございません」

「シェジェク伯爵からの謝罪を受けましょう。すぐに、街道の対応をお願いしますわ」

「先ほど冒険者ギルドへ再度指示をいたしました。明朝《みょうちょう》には、ある程度の対応が済んでいるかと」

すぐに対応してくれるのなら、僕としてもとやかく言うつもりはない。

「しかし、あの馬鹿……ますます酷いやつになったわね。嘆《なげ》かわしいわ」

「アリア様が王国に嫁いだ後、あのガキは天狗《てんぐ》になっていて……」

「口煩《くちうるさ》く注意していたかしらね。私が王国にいる間は、押さえになっていたってわけね」

美人が揃いも揃って、物凄い気迫でジャンク公爵をけちょんけちょんに言っている。

アリア様とシェジェク伯爵が発するとんでもない怒気に、リズとスラちゃんは震えあがった。今の二人は近づきたくないくらい怖いです。

「アレク君、あなたの話を聞いてお兄様――ランベルト皇帝に連絡を取ったわ。皇都の冒険者ギルドによる妨害はもうなくなるはずよ。ただ……あの馬鹿は裏で何かを企んでいそうだわ」

僕を守る護衛のみんなの実力なら、この程度の動物や魔物はへっちゃらだ。ただ、僕たちに対する妨害工作に巻き込まれて、帝国の人が被害に遭ったら可哀想《かわいそう》だ。

「あの馬鹿……一般市民への配慮なんて一切考えないわ。戦争がしたくてたまらない開戦論者だから、犠牲《ぎせい》なんてどうでもいいのよ」

国賓《こくひん》の僕たちに何かあったら、外交問題に発展する。ジャンク公爵の背後には、各地で争いを起こそうとする闇ギルドが付いていそうだ。

「今回はすぐにお兄様と連絡がついて、対応できたけど……なんだか悪い予感がするわ。厳重に警戒してね」

「僕たちも気をつけるので、平気です。いざという時は、【ゲート】で王城に戻ります」

「ええ、油断はしないで。本当なら、今すぐこの旅を中止したいくらいだけど……」

アリア様が言葉を濁す。今回の訪問は王国と帝国の外交だ。ジャンク公爵が邪魔しているかもしれない……そんな疑惑だけでは、止める判断ができないんだろう。

いずれにせよ、明日からはよりいっそう注意して進まないと。

決意を固めていたら、アリア様とシェジェク伯爵はニヤニヤして僕を眺める。

「どう？　アレク君って、幼いけど凄く冷静でしょう？」

「これほど聡明だとは思ってもいませんでしたよ」

あの……なんで二人して僕のことを褒め出したの？　彼女たちの眼差しに、こちらをからかってやろうという気持ちがあるような……

身の危険を感じた僕はささっと【ゲート】を繋ぎ、アリア様を王城に送り届けた。

◆◇◆

それから数日が経過した。シェジェク伯爵の領地を出てからというもの、動物や魔物に遭遇する回数は減っている。

何回か町に寄って、その土地の貴族に挨拶することもあったけど……なぜかみんな僕とリズのことを褒めるんだよね。

僕たちの活躍は帝国でも広まっているみたいだ。

かくして順調に馬車は進んでいたのだが……あと少しで皇都に着くところで、新たな問題が発生してしまった。

その日、僕たちは早朝に宿を出発した。リズと一緒に馬車の窓から外の景色を眺める。

「だんだんお外の景色が変わってきたね、お兄ちゃん」

「皇都に近づいてきたってことだね」

街道を進むにつれて、周囲の様子が変わりつつある。昨日までは一面に田畑《たはた》が広がっていたけど、ぽつぽつと家が見えるようになってきて、今ではすっかり住宅街だ。

現在、馬車はユバール男爵領内《だんしゃくりょうない》にある宿場町《しゅくばまち》を進んでいる。町だけあって、道を歩く人も多くなってきた。僕たちの馬車も慎重に進んでいく。

とはいえ、これだけ厳重に護衛されている馬車なので、身分の高い誰かが乗っていることは町行く人も察しているみたいだ。中には馬車の通行を邪魔しないよう、道の端《はし》に寄ってくれる人もいた。

そんな時だった。

「うーん……誰かに見られていますね」

「かなり遠いところからだわ。人混みに紛れて、こちらの様子を窺っているみたい」

なんとなく、視線を感じる。

近衛騎士やカミラさんたちは偵察《ていさつ》を疑って、周囲に気を配っているけど……今のところ異変はない。

「市民の人じゃないですか？　こんなにバレバレの視線を寄越すなんて、偵察だったら腕が悪すぎます」

昼食の時、僕はこっそりみんなに言ってみた。

すると、ジェリルさんも同じ見解だという。

本当なら僕の【探索】で相手を特定したいところだけど、通行人が多すぎて反応が散らばっちゃうんだよね。普通に好奇心で馬車を眺めているっぽい人もいるし……

というか、これだけしっかり護衛が付いている馬車なんだから、わざわざ偵察しなくても僕たちの位置は分かりそうな気もするけど……

一体何がしたいんだろうか。

「とりあえず、今までと同じく要警戒で進みましょう」

カミラさんの言葉で、話し合いはおしまい。

みんなの意見がまとまったので、午後も引き続き街道を進んでいく。視線の主を特定するため、進むペースは比較的ゆっくりだ。

リズとスラちゃんもピリピリしているみたい。お菓子を食べてこそいるけれど、今日はお昼寝もせずに周囲を警戒していた。

それからさらに数時間後。

「目的地の防壁が見えてきました。今日はあの町に宿泊いたします」

ジェリルさんの言葉で前方を見ると、確かにその通りだった。

今日は魔物に襲われたわけでもない。無事、宿泊する土地に着いた。

「うーん、まだ見てる人がいるよ……」

防壁の門で手続きをしている間にリズが言う。彼女の言う通り、後方からの視線は止まない。

いつまで続ける気かな……と思っていたら、人混みを掻き分け、僕たちの馬車の前に何かが飛び出してきた。

護衛のみんなに緊張が走る。

僕たちを見つめ続けた視線。その正体は――

「「子ども？」」

僕とリズの声が揃った。

物陰から出てきた人影は、僕たちよりも少し大きいくらいの年頃……七、八歳ほどの二人の男の子と一人の女の子だった。

意外な正体に、僕とリズは思わず馬車から降りた。目の前の子どもたちは武器っぽいものを何も持っていない。こちらを攻撃する意思はないはずだ。

馬車から降りてきた僕たちを見て、子ども三人は戸惑うような様子を見せた。

ただ、それは一瞬だった。三人がいきなり頭を下げる。

「「「お貴族様、僕たちの町を助けて！」」」

えっと……どういうことだろう？

まったく状況が掴《つか》めない。この町の領主であるユバール男爵との約束の時間も近づいているので、ひとまず子どもたちを連れて向かうことにした。

ユバール男爵の屋敷に着き、挨拶を済ませる。こちらの事情を伝えると、彼もまた、皇帝陛下から事情を聞いていたみたいだ。「アリア様も呼んだほうがよろしいでしょう」と助言をくれた。

【ゲート】でアリア様を呼び、みんなが勢揃いする。早速、子どもたちから事情を聞いたんだけど……

「――つまり、あなたたちはアビス男爵領の町の子で、領主による税金の取り立てをなんとかしたいと思っているのね？」

「はい」

アリア様が確認すると、リーダー格の男の子は頷いた。この子たちが暮らす町では、領主――アビス男爵が税金を上げてばかりいるせいで、どんどん生活が苦しくなっているのだという。税金を取り立てる理由は、「来るべき戦争に備えるため」らしい。

町の大人が何度も直訴《じきそ》しに行ったそうだが……みんな、帰ってこなかった。反抗の意思を見せたことが原因かは分からないけど、その後、より税の取り立てが厳しくなったのだとか。

「それで、帝国外の貴族に助けを求めようと思ったのね。ちょうど、ブンデスランド王国から来賓が向かっている噂を聞きつけて……」

「うん……グスッ」

涙を流す女の子の手を、隣に立つ男の子がぎゅっと握る。この二人は兄妹なんだって。

仲のいいリーダーの少年と一緒に、なんとかユバール男爵領内に入った彼らは、数日前から僕たちが街道を通るのを待っていたんだそう。その後は荷馬車に潜り込むなどして馬車の後を追いつつ、接触するチャンスを窺っていたとのことだ。

彼らは涙をポロポロとこぼしながらも、一生懸命に事情を話す。

恰幅《かっぷく》がよくて優しそうな顔立ちをしたユバール男爵も、今ばかりは沈痛な面持《おもも》ちだ。黙って子どもたちの話を聞いている。

「アリア様、もしかしてアビス男爵って――」

「あの馬鹿の一派《いっぱ》よ！」

アリア様、ここのところ続くジャンク公爵の件で血圧が上がっていそうだ。泣いている子どもたちの頭を撫でながら、般若のごとき圧が溢れ出ている。

「……通信用の魔導具でお兄様に連絡したわ。アビス男爵領は皇都に隣接しているから、明日にでも調査団を派遣するそうよ」

「僕たちとも鉢合わせするかもしれないってことですね」

「ええ。何せ、そのアビス男爵領を抜けて皇都に向かう道順だから」

アリア様がため息をつく。よりによって、僕たちが通る領地なのか……。

プラスに考えれば、ジャンク公爵派閥の企みを潰せるチャンスなのかもしれない。

「この子たちはどうしますか？」

「うーん……いったん皇城に連れていきましょう。この子たちからももう少し事情を聞かないとならないし、何よりジャンク公爵に目を付けられたら危険だわ。親御《おやご》さんは子どもたちがいなくなって気が気じゃないでしょうけど、下手に事情を話して町に帰すより、はるかに安全でしょう」

うん、子どもたちは絶対に皇城で保護してもらったほうがいい。もし他の貴族に密告したことが知られたら、間違いなく報復されるだろう。

いろいろと調整をした結果、彼らは僕たちと一緒の宿に泊まることになった。


あっという間に夕食の時間になった。

「うわあ、おいしそう！」

「こんな豪華な料理、生まれて初めて見たよ」

「お肉が柔らかーい！」

子ども三人は宿で出た夕食にビックリしている。貧しくなった町では質素《しっそ》な食事しか食べられないらしい。

「アレク君がいてくれてよかったわ。まさか故郷がこんなことになっているなんて、思ってもみなかった……」

「ランベルト皇帝に伝えることが、たくさんありますね」

アリア様は子どもたちのことを見つめながら、複雑な心境をこぼす。母国の現状に、かなりショックを受けているみたいだ。

明日、いろいろなことが片付けばいいんだけど……

◆　◇　◆

翌日。

今日から……正確には夕べからは、アリア様も旅に同行することになった。僕とリズという遊び相手を求めてか、今朝からはエレノアも一緒に来ている。

うまくいけば午前中に皇都に着くはずだ。

「へえー。リズちゃんは王国のお姫様なのに冒険者なんだ！」

「うん、そうだよ。この間も、町の人と一緒に薬草を採ったんだ！　リズは、薬草採取の名人を目指すの！」

「なんだか不思議なお姫様だね」

馬車の中で、リズは昨日保護した三人の子どもたちと仲良く雑談している。

王族なのに冒険者をしているのが珍しいのか、さっきからその話ばかりだ。スラちゃんと一緒になって、ジェスチャーを交えながら自分の冒険譚《ぼうけんたん》を得意げに伝えていた。

「アレクお兄ちゃん。メモを見て何をしているの？」

「皇城に着いてからの流れを確認しているんだよ。いちおう、僕を招待してくれたわけだしね」

「エレノアもアレクお兄ちゃんを手伝うの！」

「ありがとう、エレノア」

「えへへ」

エレノアはというと、こうして僕にベッタリだ。

馬車の中の雰囲気が明るいので、アリア様はご機嫌だった。


「さあ、ここがアビス男爵領よ。少し気を引き締めないとね」

ついにアビス男爵領の町に到着した。

皇都に接していて交通の便がとてもいい……はずなのに、なんだか町の活気がない。

町中をゆっくりと馬車が進んでいくけど、なんだかとっても視線を感じるぞ。

「ダン君たちのように直接訴える勇気はないけど……私たちに助けを求めているのね」

ダンとは三人の子供のうちの一人で、リーダー格の男の子だ。表情を暗くするアリア様に、他の人は何も言わない。みんな、なんとなく住民の気持ちが分かっていた。

そんな時だった。遠くのほうからまっすぐに、馬車の一団が近づいてくる。

僕たちの前で停まった馬車から、軍服を纏った男性が降りてきた。

「お久しぶりです、アリア様。調査団と共に、護衛にまいりました」

「ナバス、久しいわね。あなたが来てくれたとなると、私も心強いわ」

アリア様が馬車を降りて、駆けつけてきた見るからに屈強《くっきょう》な人――ナバス様と親しげに話をする。

やがてアリア様は、僕を手招きして呼び寄せた。

「アレク君。これからアビス男爵をとっちめに行くけど、一緒に来る？」

「いいんですか？」

「こっそりついてこられるより、最初から一緒に行ったほうがマシだもの。でも、危ないことはしちゃ駄目よ。エレノアとリズちゃんには一番大切な役目……お留守番をお願いするわ。ダン君たちを守ってあげてね。護衛の者たちは、半々に分かれてそれぞれの役目を果たすように」

「リズ、頑張るよ！」

「エレノアも！」

さすがはアリア様。リズとエレノアが突っ込んでいかないように、うまいこと役割を与えている。

スラちゃんは騙《だま》されてくれなかったので、僕と一緒に行くけどね。

早速、アリア様とナバス様と共に、アビス男爵の屋敷へ向かった。

道すがら、ナバス様が教えてくれる。

「アリア様から連絡を受けた後、すぐにアビス男爵領から提出された帳簿を調べました。その結果、怪しい点が何か所も見つかりました」

「ナバス様。ええっと……帳簿って定期的に監査《かんさ》をしているんじゃないんですか？」

「難しい言葉をよく知っていますね、アレクサンダー様。恥ずかしい話ですが……監査員が賄賂《わいろ》を握らされていたようでして」

おおう、そうきたか。

「ふ、ふふふ……あの馬鹿、どうやって始末してやろうか」

ああ……アリア様の口調がいつになく乱《みだ》れ、殺気がとんでもないことになっている。

個人的にアビス男爵が無事に生きていられるか、とっても不安です。

屋敷の門前に来ると、ナバス様は懐《ふところ》から丸めた書状を取り出し、門兵に突きつけた。

「我々は帝国軍である。皇帝陛下の命令により、今からアビス男爵邸の強制捜査を開始する」

「「はっ？」」

二人の門兵は、命令書を見て完全に固まってしまった。その隙《すき》に、僕たちの後ろをついてきていた兵士たちが一斉に雪崩《なだ》れ込んだ。

バンッ。

屋敷の玄関扉があっという間に開かれる。

僕たちも中に入ると、すぐに丸々と太ったスキンヘッドの男性が姿を現した。

「な、何事だこれは！」

「アビス男爵、ランベルト皇帝の命令で、貴殿の屋敷の強制捜査を行なう」

「ふん、何を言っている？　私の後ろにはジャンク公爵が付いているんだぞ！　貴様の首が飛んでもいいのか？」

うん。どう見ても、この偉そうな人物がアビス男爵だね。

皇帝陛下の命令を一公爵が覆《くつがえ》すなんて、普通に考えてもありえない。だけど、アビス男爵は大《おお》真面目《まじめ》にそう言っていた。

さて、この発言を聞いて激怒した人が一人いる。

「アビス男爵……しばらく見ないうちに大きく出るようになったわね？」

「げーーー！　アリア様!?」

アビス男爵は冷たい声で喋るアリア様に気づいた途端、尻もちをついた。アリア様を震えながら指差している。

この状態を見れば分かる。アビス男爵が何かをしているのは間違いない。

シュッ、ささっ。

その時、どこからともなく触手が伸びて、アリア様に紙切れを渡した。

「ありがとう、スラちゃん。ふむふむ……ふふふ、この書類、とっても面白いことが書かれているわね。『闇ギルドとの魔導具の取引』って何かしら？」

「えーーーっ！　なんでそれを！」

スラちゃんはいつの間にか、兵士と共にアビス男爵の執務室《しつむしつ》に押し入っていたみたいだ。そこでとんでもない書類を見つけ、アリア様に見せようと持ってきていた。

アビス男爵の顔色が、真っ青を通り越して真っ白になっているけど、気にしないでおこう。

「アリア様、帝国でも闇ギルドとの取引は禁止ですよね？」

「ええ、王国と同じく厳禁よ。ふふふ、ちょろまかした税金について問い詰めるつもりだったけど……それ以上に大変なものが出てきたわね？」

「あわわわわ……」

アビス男爵は、まるで猫に追い詰められた鼠《ねずみ》のような状態です。

窮《きゅう》鼠《そ》猫《ねこ》を噛むという言葉があるけれど、彼に限って言えばまったく期待できません。

「アビス男爵を捕縛して連行せよ」

「「はっ」」

「クソッ、あー！」

ナバス様の命令により、アビス男爵をあっという間に兵が拘束《こうそく》し、連れていった。

うーん、屋敷に入ってから少ししか経ってない。

「ナバス、後は任せるわ」

「はっ、かしこまりました」

せっかくついてきたのに、僕の出番はなかったな。でも、ダンたちが困っていた町の問題についてては解決できそうで何よりだ。

ほくほくした気持ちで馬車に戻ると、護衛のみんながとんでもなく慌てていた。

なんと少し目を離した隙に、リズがいなくなったらしい……って、え!?

僕は慌てて広範囲に【探索】をかけ、彼女の反応を捜した。

幸いにして、リズはすぐ近くの露店《ろてん》にいた。

「綺麗なお姉さん、じゃあね！」

「またねぇ、リズちゃん」

スラちゃん、アリア様と一緒に急いでそこに駆けつけようとして、気づく。

露店の前でリズが見送っている人……ワンピースを着たその人物は、見覚えのある派手なピンク色の髪をしていた。

アリア様と顔を見合わせ、リズに走り寄る。そして僕は、妹分を背中で庇《かば》った。

「ビーナス……さん？　が、なぜここに？」

「あらぁ、アレク君じゃない！　久しぶりねぇ。会えてよかったわ」

僕を見て、ビーナスが微笑む。この人は、エレノアの誕生日パーティーで戦ったナンバーズの一人だ。

まさかの再会に、僕とアリア様に緊張が走る。ただ、一方のビーナスは警戒を見せない。

「お兄ちゃん、ビーナスさんは人捜しをしているんだって！」

「そうなのよ。闇ギルドからとても大切な物を盗《ぬす》んだお馬鹿さんが、この帝国にいてね。私たちも大変なのよ！　……リズちゃん、一人で歩いてたから何事かと思っちゃった。とりあえずお兄ちゃんが来るまで、引き留めておいたけど……目を離さないほうがいいわよ？」

後半部分は小声になって、ビーナスがアドバイスを寄越した。

偶然リズを見つけたみたいだけど、何か仕掛けた様子もないし……ただ、心配してくれただけ？

「さて、私はそろそろ行くわ。じゃあねー」

そしてビーナスは、僕たちに手を振りながら雑踏《ざっとう》に消えていった。

「ばいばーい！」

……リズが元気よく手を振り返している。彼女は勘が鋭くて、悪だくみをする人物に懐くタイプじゃない。

ビーナス……戦った時は怖い印象ばかりだったけど、なんだか底知れない人だ。

「うーん……アリア様、これってどうすればいいんでしょうか？」

「ナンバーズと会ったことは、お兄様に報告しましょう。もうすぐ皇都に入るし、直接ね」

確かに、帝国内でのことだから皇帝陛下に判断を委《ゆだ》ねよう。

ちなみにリズがいなくなった理由は、ダンたちを守るために、あたりの警戒をしようとしたかららしい。光魔法を使って護衛のみんなの目をくらませて、隙を突いたようだ……これはリズが悪いので、あとで叱っておかなくちゃ。

そう思いつつ、僕たちはみんなのもとに戻り、馬車の中に入ったんだけど……

「あっ……」

そこには、魔法袋からお菓子を取り出して、口いっぱいに頬張っているエレノアの姿があった。

そばではハンナお姉さんとマヤお姉さんが苦い笑みを浮かべ、アリア様に頭を下げている。お姉さんたちが注意したけど、止め切れなかった……ってところかな。

ちなみに、一緒にいたダンたちはエレノアからおやつを差し出されても断ったそうだ。当たり前だけど、無断で食べるのはよくないと思ったみたい。

「……エレノア、今日はおやつと食後のデザート抜きだからね」

「えー！　そんな！」

エレノア、ここは素直にアリア様に従ったほうがいいと思うな。せっかくアビス男爵をやり込めてご機嫌だった彼女が、笑顔のまま眉をピクピクさせているし。

自業自得なので、しょんぼりとするエレノアを慰める人は誰もいない。

馬車は順調に進んでいった。

第五章　みんなで悪を成敗！

「わあ！　アリア様、とっても大きなお城だよ！」

「そうね、リズちゃん。帝国の皇城は王国のお城と同じくらい大きいのよ」

あの後は特にトラブルもなく、無事に皇都に到着した。

皇城前にやってくると、官僚っぽい人たちが出迎えてくれたので、僕たちも馬車から降りて挨拶に向かう。

「ミッドウェー宰相、久しいわね」

「アリア様、お久しぶりでございます。ますますお美しくなられましたな」

「もう、上手なんだから。私、一児の母になったのよ」

出迎えてくれたのは、帝国のミッドウェー宰相だ。

王国で働くニース宰相はおじいちゃんって感じの見た目だけど……ミッドウェー宰相は若々しい。

「お兄様は元気？」

「そのことで、実は相談が……可能でしたら、『双翼の天使』様のお力をお借りしたいです」

「……すぐに案内してちょうだい」

おや？

小声だったけど、僕とリズにも聞こえちゃった。皇帝陛下に何かがあったみたいだ。

僕たちも、二つ名を呼ばれて気が引き締まった。

「かしこまりました。道中で保護したという子どもは、こちらの侍従についていってくださいませ」

「「はい！」」

ダンたちとはここでお別れ。護衛のみんなと、ハンナお姉さん、マヤお姉さんは馬車を引いてきた馬のお世話をしたり、荷物を運び込んだりするみたい。僕たちはみんなと別れ、ミッドウェー宰相の案内に従った。

皇帝陛下は皇城にある医務室にいるという。

医務室と聞いて、僕はティナおばあ様とエレノアに初めて会った時のことを思い出した。二人とも毒を盛られ、ベッドに寝かされていたんだっけ。悪い想像が脳裏をよぎってしまう。それはリズもスラちゃんも同じみたいだ。

医務室は兵士たちが警備していた。まずはミッドウェー宰相が、そして妹であるアリア様と娘のエレノア、僕とリズとスラちゃんだけが中に通される。

「お兄様！」

部屋の中に入るや否や、アリア様が悲鳴を上げた。

皇帝陛下は真っ青な顔をしてベッドに寝ていた。口の周りには乾《かわ》いていない血が付いている。ついさっきまで、吐血《とけつ》していた……そんな感じだ。

今にも死にそうな人がいる以上、この状況を放ってはおけない。

「すぐに原因を調べます！」

「アレク君、お願い……！」

まるで祈るかのような声で、アリア様が頼む。

皇帝陛下の体を【鑑定】で調べると、吐血の原因が分かった。でも、新たな問題が発覚する。

「皇帝陛下が血を吐いたのは、極度の疲労とストレスが原因です。それとは別に……体が毒に侵されています」

「な、なんですって!?　お兄様、なんてこと……」

僕から毒というワードを聞いて、アリア様が目を見開く。

そういえば、アリア様から皇帝陛下は筋骨隆々と聞いていたけど、今は見る影もない。かなり痩《や》せているから、これでは体力も落ちてしまっていることだろう。

「お兄ちゃん、いつでもいけるよ！」

切迫した状況を察して、いつの間にかリズが魔力を溜めていた。

「よし、じゃあやるよ！」

僕の魔力も十分だ。リズとスラちゃんと力を合わせ、【合体回復魔法】を放つ。

シュイン、シュイン、キラー！

「おお、これが『双翼の天使』様の魔法……！」

僕たちの魔法を見たミッドウェー宰相が、驚愕《きょうがく》の表情を見せる。今回は僕もリズもスラちゃんも手加減なしのフルパワーだ。

だんだんと魔力の光が消えていく。

毒の影響で内臓にもダメージがあった。でもなんとか全快できたみたいだ。皇帝陛下の口元に付いた血の汚れは、【生活魔法】で綺麗にする。

「ふう……病気と毒はもう心配いりません。ただ、かなり体力が落ちていると思うので当分は安静にしてください」

「お兄様の顔色が劇的によくなったわ……！　本当にありがとう、アレク君、リズちゃん！」

アリア様が涙ながらに僕たちにお礼を言ってきたけど、困っている人を助けるのは当たり前だ。

リズとスラちゃんは治療がうまくいったので、ニコニコと笑っている。もちろん、僕たちを見守っていたエレノアもニコニコだ。

……と、このタイミングで医務室に一人の女性が入ってきた。

「あなた！」

立ち居振る舞いから高貴さを感じるその人は、皇帝陛下が眠るベッドに縋《すが》りついた。

察するに、皇帝陛下の奥さんみたいだ。皇帝陛下が吐血したと聞いて、大慌てで医務室に駆け込んできたらしい。

「ルージュ義姉様《ねえさま》、治療は無事に終わったわ。もう大丈夫よ」

「噂に名高い『双翼の天使』様ですね。彼の命を助けていただき、感謝申し上げます」

奥さん――ルージュ皇妃《こうひ》は、アリア様から事の次第を聞くと、僕とリズに向かって深々とお辞儀した。

ちらっとルージュ皇妃を【鑑定】してみたけど、幸いにして健康体だ。毒で狙われたのは皇帝陛下だけってことかな？

もしかしたら、彼女なら皇帝陛下が体調を崩した原因を知っているかもしれない。

「ルージュ皇妃、僕はアレクサンダーと言います。聞きたいことがあるんですが……皇帝陛下って普段はどんなご飯を食べていますか？　実は――」

僕は皇帝陛下を【鑑定】したこと、そして毒が臓器を傷付けていたことを伝える。

「アレク様、私と陛下は同じ食事を摂っております。ただ……陛下は食事の際に、よく専用のスパイスを振りかけておりましたわ」

そのキーワードを聞いて、アリア様とミッドウェー宰相が真顔になる。

「大変なところ、答えてくれてありがとう。ミッドウェー宰相、すぐに確認を」

「承知いたしました。念のため、料理人の身元を調べ、厨房《ちゅうぼう》も確認させます」

すぐにミッドウェー宰相が、控えていた侍従に指示を出す。

ここでスラちゃんがリズの頭の上に乗り、高々《たかだか》と触手を上げた。

「このスライム――スラちゃんは探し物が得意なの。きっと、今回も力を貸してくれるはずよ」

「アリア様が太鼓判《たいこばん》を押すほどとは……それは心強い。手が足りないので、ぜひともお願いできますかな」

あっさりと許可をもらい、スラちゃんは意気揚々《いきようよう》と医務室を出ていった。

リズとエレノアが捜査に参加したそうにうずうずしているけど……さすがに他国の王族がお城をウロウロしていたら問題になると思う。ここは我慢してもらおう。

そんな時だった。

「うっ、うう……ここは？」

「お兄様！」

「あなた、気がついたのね！　ここは医務室よ」

無事に、皇帝陛下も意識を取り戻した。アリア様とルージュ皇妃が胸を撫で下ろす。

皇帝陛下はルージュ皇妃に支えられながら体を起こし、僕に視線を向けた。

「……アレクサンダー、か。命を助けていただき、感謝する」

「きっと……このお城に来るまでの間に、僕がアリア様経由でいろいろお願い事をしたから疲れちゃったんですよね？　ごめんなさい」

「謝る必要はまったくない。そもそもそなたが遭遇したトラブルは、我が帝国の落ち度だ。むしろ、危険に晒《さら》してしまい本当に申し訳ない。後ほど、正式に謝罪させてくれ……」

皇帝陛下が再びベッドに横になった。彼が倒れてしまったのは、つい今朝のことだったみたいだし……容体はよくなったので、体力さえ回復すれば動けるようになるはずだ。

この場は治癒師に任せて、いったん医務室を出ることになった。


僕たちは侍従の案内で皇城の応接室に通された。

「なんだかティナおばあ様とエレノアに初めて会った時のことを思い出しました」

「そういえば、あの時も王城に来てすぐ医務室に駆けつけてくれたのよね……」

アリア様と紅茶を飲みながら、しみじみと話す。あの時は今ほど【合体魔法】の経験がなくて、とにかく必死だったからなぁ。

ちなみにリズとエレノアは、出されたお菓子をもぐもぐと食べていた。エレノアはおやつ禁止だったはずだけど……怒涛《どとう》の展開に疲れ切っているのか、アリア様が突っ込むことはない。

しばらくすると捜査に向かったスラちゃんと、護衛のみんなが部屋にやってきた。ミッドウェー宰相と宮仕えらしき帝国の騎士もいるから、何か進展があったようだ。

胸に手を当て、帝国の騎士が口を開く。

「報告します。陛下の使用されているスパイスから、微量の毒物が検出されました。また、スパイスを管理していた料理人は、ジャンク公爵に弱みを握られていたらしく……拘束して尋問を行なっております」

えっ、これってジャンク公爵が皇帝陛下を殺そうと企んだってことでは……みんなも同じことを考えているみたいだ。

ちなみに、スパイスの【鑑定】を行なったのはスラちゃんだそうだ。

「件の料理人は、調査官以外の人間と接触させるな。口封じに消される可能性があるぞ」

「すでに牢屋《ろうや》に入れておりますが……さらに監視を増やします」

さすがはミッドウェー宰相、すぐに手を打った。命令を受けた騎士が部屋を出ていく。

「皆様にはいろいろご迷惑をおかけし、申し訳ない。だが、これでジャンク公爵一派を追及することができる。我々で証拠を固めます」

「私が帝国にいた時から、あの馬鹿はいろいろと事件を起こしていて……ただ、悪運が強くて決定的な証拠が掴めなかったのよ。ふふふ、とうとう馬脚《ばきゃく》を露《あら》わしたわ」

おお、ミッドウェー宰相とアリア様が怒りまくってる。今まで相当腸《はらわた》が煮《に》えくり返る思いをしてきたんだろう。

その時、侍従が応接室にやってきた。

「皆様のお部屋の準備ができました」

「疲れているでしょう。明日は陛下への正式な謁見と歓迎パーティーもありますし、無理は禁物です。情報をまとめておくので、ゆっくり休んでください」

ここはミッドウェー宰相のお言葉に甘えよう。僕たちは応接室を後にした。

「こちらになります」

侍従に案内されたのは、皇城の客室。室内には侍従用の小部屋があるので、僕とリズ、そしてハンナお姉さんとマヤお姉さんで泊まる。

ジェリルさんやカミラさんといった護衛のみんなは、隣の客室に宿泊するようだ。というか、僕たちの泊まる部屋の周りはかなり厳重に警備されている。護衛のみんなの他に、帝国側の騎士までいるんだから。

「普段よりも多めに兵を割《さ》いているわ。道すがらいろいろあったから、不測の事態にも対応するためね」

アリア様が教えてくれたけど、ここにいるのは帝国の近衛騎士。もしジャンク公爵に賄賂を渡されても、絶対に受け取らないような高潔《こうけつ》な人ばかりだろう。

「うう、こんな場所だと緊張する」

「一生に一度の経験だよ……」

「私、リズちゃんみたいにお姫様になった気分！」

保護されたダンたちも、しばらくはこの一角にある部屋に滞在するそうだ。

あまりにも心細いので、三人で一部屋にしたらしい。アビス男爵領の捜査が終われば、町に送ってもらえるみたいだ。親御さんにはナバス様が内密に連絡を入れておいたとのことだった。

「アリア様はどの部屋に泊まるんですか？」

「私はここに住んでいた時の部屋がまだあるの。エレノアとそこにいるわ。侍従も当時と同じ人を付けてもらったから」

「知っている部屋と人なら安心ですね」

アリア様はこの皇城が実家だし、ゆっくりできるだろう。

「今日は休めと言われたけど……お兄様の娘――リルム皇女に挨拶だけしましょうか。エレノアとアレク君たちは私の後についてきてね」

「「分かったー！」」

リズとエレノアが声を揃えて返事をする。

皇女様との顔合わせだ。確か……今度、二歳になるんだよな。

「なあに？　お兄ちゃん」

僕は、思わずリズの顔を見た。この子が二歳の頃は、お喋りと部屋の中を走り回ることが大好きだった。皇女様も……って、でも、リズが特別お転婆だった可能性もあるか。

エレノアは小さい時は病弱で引っ込み思案だったみたいだし、あまり参考にならないかも。

廊下を進んでいくと、皇族のプライベート空間に入った。

やがてとある部屋の前に出た。廊下に置いてあったソファには、先ほど会ったルージュ皇妃と小さな女の子が座っている。ストロベリーブロンドっていうのかな？　綺麗な薄いピンク色をしたボブカットの子です。

「みんな、この子がお兄様とお義姉様の娘、リルムちゃんよ」

「皆さん、リルムと仲良くしてあげてくださいね」

「「「はーい！」」」

アリア様とルージュ皇妃が、リルム皇女を紹介してくれた。

早速リズとエレノア、スラちゃんが、ルージュ皇妃にくっつきっぱなしの皇女様のところに突撃していった。

リズとスラちゃんは、物怖じしない性格だ。一人と一匹に連れられて、エレノアも大胆《だいたん》になっているみたい。

「初めまして、リルムちゃん」

「こんにちはなの」

「えっと、うぅ……」

うーん……どうもリルム皇女は人見知りな性格みたいだ。リズとエレノアが元気よく挨拶したのにビックリして、ルージュ皇妃にますますギュッと抱きついてしまった。

リズとエレノアもちょっと困って、固まっている。

でも、ここでさらに動いたものがいました。

「あれ、スラちゃん？」

リズの頭の上から、スラちゃんはぴょんとソファに下りた。そしてリルム皇女をじっと見て、ぷるぷると動き始めた。

「ぷにぷにしてる……」

リルム皇女はスラちゃんをツンツンと突っつきながら、次第に笑顔になっていく。

「このスライムはスラちゃんって言うんだよ」

「とっても賢《かしこ》いスライムなの」

「スラちゃん！」

さすがはスラちゃん。ミカエルがぐずっている時もうまくあやしてくれているし、小さな子どもの相手はお手の物だ。

スラちゃんのおかげで、リルム皇女は僕たちへの警戒心が緩んだみたいだ。リズとエレノアとお喋りをし始めた。

その様子を見て、僕もみんなに近づく。

「リルム皇女様、僕はアレクサンダーと言います。どうぞ、アレクとお呼びくだ――」

「リルムなの」

「ええっと……リルム？」

「うん！」

どうも皇女様と言われるのは嫌らしい。リクエスト通りに名前を呼び捨てにすると、ニコッと笑った。リズとエレノアは、「リルムちゃん」と呼ぶみたいだ。

リズたちはすっかり打ち解けている。スラちゃんと共に魔法で光の玉《たま》を出してくるくると飛ばすと、リルムは「すごい、すごい！」と手を叩いて喜んだ。

「お昼の時間は過ぎちゃったけど……そろそろご飯にしましょう。せっかくだから、みんなでね」

「「「はーい」」」

リルムはリズとエレノアに手を繋いでもらって、アリア様のところにやってきた。スラちゃんは、定位置のリズの頭の上に戻っている。

子どもたちが揃っているから、まとめてご飯を食べさせちゃおうってことらしい。

僕たちは食堂に入り、早速お昼ご飯を楽しむ。

「トマトの味がして、とってもおいしいね」

「うん！」

やはり女の子同士気が合うのか、リルムは両サイドのリズとエレノアとお喋りしながらミートソーススパゲッティを頬張っている。

ソースでべとべとになった三人の口の周りを拭いてあげるのは、テーブルの上でいい子にお座りしているスラちゃんの役目だ。

アリア様もルージュ皇妃も、そんな僕たちの様子をニコニコと見つめています。

そこに意外な人が現れた。

「楽しそうだな。余も交ぜてくれ」

「お兄様!?」

「あなた！」

「あ、おとーさま」

食堂に現れたのは、さっき僕とリズが治した皇帝陛下だった。治療の効果もあってか、すっかり元気そうだ。

アリア様とルージュ皇妃はビックリしているけど、リルムはとってもいい笑顔でご機嫌だ。

「お兄様、もう動いていいの？」

「大丈夫だ。あの後一眠りしたら疲れも取れてな。今は腹が減って仕方ない」

「もう、都合のいい人ですね。でも、今日はお粥ですわよ？」

「それは治癒師にも言われたから、しっかりと守る。治療してもらったとはいえ、まだ胃《い》が完全に動いてはいないらしいな」

皇帝陛下はアリア様とルージュ皇妃と話をした後、なぜか僕の隣の席にどかりと座った。

あれ？　せっかくだし、みんなの顔が見える誕生日席に座ればいいのに。

隣にやってきた彼は、僕の頭をぐしゃぐしゃと強く撫で回した。

「アレクサンダーには、改めて礼を言おう。命を助けてくださり、感謝する。なんでも、毒物とそれを仕込んだ犯人も見つけたらしいな」

「毒物と犯人は、こっちのスライム――スラちゃんが見つけたんです。僕はリズの治療の手助けをしただけです」

人を癒やす回復魔法はリズのほうが僕よりうまいんだよね。

「そちらの二人や治癒師たち……尽力してくれた者にももちろん感謝している。だが、そなたは余の容体を冷静に分析していた。だからこそ、犯人を捕縛できたのだ」

治癒師から治療した時の様子を聞いたのか、僕の対応を褒めてくれた。

そうこうしている間に、陛下の前にお粥が運ばれてくる。みんなで一緒の昼食タイムが再開された。

皇帝陛下はリズとエレノアに挟まれて笑顔を見せる娘を、愛《いと》おしそうに眺めていた。


「「「ふあーっ……」」」

昼食後もリズとエレノアとリルムは一緒に遊んでいたのだが……どうも眠たくなったみたい。三人とも、大きなあくびをしている。【合体回復魔法】で魔力をかなり消費したので、僕もウトウトとしてきた。

「あらあら、みんな眠くなったのね」

「じゃあ、お昼寝しましょう」

「「「ふわーい」」」

もう眠さが勝っていて、リズたちの返事はちょっと気が抜けている。

案内されたのはもともとアリア様が使っていたというお部屋。三人はベッドに入るとすぐに夢の中へ。

僕も眠気に耐《た》えられず、ベッドに入りリズの隣に潜り込んだ。

「ああ、なんていい寝顔なのかしら。リルムもあんなに心を開いて、楽しそうで……やっぱり、リルム一人だと寂《さび》しいのかなって思っていましたの」

「二人目はまだなの、お義姉様？」

「実は……なんです。リルムの誕生日パーティーの時に発表しようと思っていますわ」

「まあまあ！　リルムちゃんにとっても、素敵なプレゼントになるわね」

眠りに落ちる直前、そんなルージュ皇妃とアリア様の会話が聞こえた気がした。


二時間くらいぐっすり眠り、僕たちは起きた。アリア様とエレノア、それにルージュ皇妃とリルムと別れて、宿泊する部屋に戻った。

「お帰りなさいませ。あら、寝癖《ねぐせ》がついてますね」

「あー、本当だ！」

「あらあら、すぐに直しましょうね」

リズの後頭部に寝癖がついていたので、ハンナお姉さんとマヤお姉さんが二人がかりで直している。

……と、部屋にジェリルさんとカミラさんがやってきた。カミラさんは、魔法使いっぽい衣装を着替え、貴族の令嬢らしいドレスを着ている。

「アレク君、皇女様と会えた？」

「はい、リズとエレノアとすっかり仲良しで。さっきまで、みんなでお昼寝してたんです」

「そっか、それは何よりだわ」

「あと、皇帝陛下とご飯を一緒に食べたんです。お粥だけど、残さず食べていて……元気になったみたいで、安心しました」

「アレク君とリズちゃんの治療を受けたのなら、後はしっかり栄養を摂れば回復するわね」

カミラさんがうんうんと頷く。

ジェリルさんがこれからのことを教えに来てくれたみたいだ。

「アレク様、本日は各自の部屋で夕食をいただくことになります。明日は朝食後に謁見が。そして、夕食は歓迎パーティーで……といった流れです。パーティーについては皇帝陛下の体調を考慮し、皇族と官僚のみの参加となります」

「ありがとうございます。そういえば、帝国から担当者が付くって話がありましたが……」

事前にそう聞いたはずだけど、それらしき人とは会えないままだ。

「それが、その担当者がジャンク公爵の息のかかった者だったらしく……現在再調整中とのことです。帝国側もメンツがあるでしょうから、おそらく明朝には担当者が決まるかと」

何かトラブルでもあったのかなと気になっていたんだ。

今日は担当者不在だけど、ジャンク公爵の息のかかった者じゃなくてよかったと思うことにしよう。

ここでリズが、ジェリルさんに尋ねる。

「ジェリルさん！　お夕飯は一緒に食べようよ！」

「いえ、それは恐れ多いというか――」

「今日のジェリルさんは、お兄ちゃんとリズの護衛だから平気だもん！　一緒にご飯を食べるの！」

「わ、分かりました……」

あーあ……リズの迫力に負けて、ジェリルさんは思わず頷いちゃった。

カミラさんとハンナお姉さんたちはこの様子を見てクスクスと笑っている。

あっという間にその日の夕食の時間がやってきた。

最初は恐縮していたジェリルさんだけど、そのうち緊張が解《ほぐ》れていろいろ話してくれるようになった。

「リズ、明日はランカーさんと食べるの！」

とはいえ、リズの口から飛び出した近衛魔導士のお姉さんの名前に、ジェリルさんは明らかにホッとした表情をする。子どもといえど王族と一緒に食事を摂るのは、やはり緊張したみたいだ。

リズはジェリルさんと食事ができて、大満足だった。

◆◇◆

皇城に着いて二日目。

今日は謁見があるので、朝早くから起きる。

リズと共にもぐもぐと朝食を食べていると、僕たちに来客があった。

「アレクサンダー様、エリザベス様。お食事の最中に失礼いたします。滞在中のサポートを行います、ケイリと申します。どうぞよろしくお願いします」

部屋に入ってきたのは、僕たちの案内をする担当者——ケイリさんだった。

ケイリさんはびしっとパンツスーツを着こなしている。文官らしいけど、どことなく武人っぽさもあるお姉さんだ。怪我をしているのか、片足を少し引きずっている。

いち早く朝食を食べ終えたリズが、ケイリさんに近づいた。

「ケイリさん、足が悪いの？」

「軍にいた時に怪我をしまして、歩く分には支障《ししょう》がございませんので、お気になさらず」

「そうなんだ。それならリズが治してあげる！」

ピカーッ！

トコトコと歩み寄ったリズは、ケイリさんの片膝《かたひざ》を触る。そして回復魔法をかけた。

ケイリさんの足を光が包む。彼女はすぐに目を丸くした。思わずといった様子で屈伸《くっしん》しているけど……動きに問題はなさそうだ。

「ケイリさん、どうかな？」

「膝がスムーズに動きます……！　信じられません。たくさんの治癒師に診《み》ていただいても治らなかったのに……」

「えへへ、治ってよかったね！」

ケイリさんはリズのほうに改めて向き直った。

「エリザベス様、古傷《ふるきず》を治していただき深く感謝いたします。この治療代は、必ず払います」

「お金ならいらないよ？　リズが治したくて魔法をかけたんだから」

このくらいの怪我なら、教会の奉仕活動とかでいつも無料で治しているしね。

「ではお言葉に甘えて……改めてこの後のご予定をお伝えします。着替えを済ませた後は、皇帝陛下との謁見です。急遽《きゅうきょ》申し訳ないのですが……陛下からの指名依頼といった形で、お二人には軍の療養所で治療をしていただけないでしょうか？」

「もちろんです」

これにはアリア様とエレノアも一緒らしいから、遠慮なく力を振るってもいいってことだろう。

昨日も言われた通り、その後は歓迎のパーティーだ。

「リズ、質問はある？」

「大丈夫だよ！　治療も頑張る！」

今日の予定が分かったところで、僕とリズは謁見用の服に着替えて準備する。

部屋の外に出ると、カミラさんたち魔法使い三人娘が綺麗なドレスを着て待っていた。

「うーん、やっぱり動きにくいよ……」

「だよね、私もドレスって嫌いだなあ」

あの……リズもカミラさんも、同じことを言わないで？　二人とも、貴族の一員なんだから。

ケイリさんが、二人のやり取りを聞いてクスクスと笑った。

和やかな雰囲気で皇帝陛下のもとへ向かっていると……事件が起こった。

突然僕たちの目の前に、どぎつい化粧《けしょう》をした女性が現れたのだ。豪華なドレスを着たその人は取り巻きを連れている。

「おーほっほっほ！　これはこれは……ゴミクズ女のケイリではありませんか。貧相なガキを連れて、どこへ行きますの？」

どぎつい化粧の女性が、いきなりとんでもないことを言ってきた。

大きくて派手な扇子《せんす》で口元を隠しているけど、ニヤリと意地悪く笑っているのが分かる。

僕はその女性にバレないよう【鑑定】をかけた。表示された名前は《ブラン・ジャンク》……？

この人ってまさか……！

「申し訳ございません。この後緊急の打ち合わせがありますので、失礼いたします」

頭を下げたケイリさんが唇を噛んでいる。一体二人の間に何があったんだろう？

「ふふふ、あなたみたいな足を怪我した役立たずが出る会議とはね。国賓のアテンド役についたって聞いたけど……ガキの案内をするなんて、よほど暇なんでしょうね」

一方的に喋るだけ喋り、ブランはどこかへ行ってしまった。


その後、僕たちは謁見用の控え室に入った。

「アレク君、リズちゃん、おはよう……って、何かありましたの？」

「ルージュ皇妃様、その――」

謁見用の控え室には皇帝陛下とルージュ皇妃とリルムがソファに座っていた。ルージュ皇妃がケイリさんと僕たちの様子がおかしいのに気がつく。

「厚化粧のおばさんに、変なことを言われたの。ケイリさんを『ゴミクズ』って馬鹿にするし、お兄ちゃんとリズを『貧相なガキ』って言ったんだよ！」

「何!?　ケイリよ、それは真《まこと》か？」

「はい……エリザベス様のおっしゃる通りです」

リズの発言を聞いた皇帝陛下が険《けわ》しい顔をする。ケイリさんは黙っていようとしたみたいだけど……渋々と認めた。

「ケイリさんが言いにくいのも分かります。一方的に喋って、さっさと行ってしまいましたから」

「なんと……我が国の貴族が二人に申し訳ないことをした。もちろん、ケイリにもな」

皇帝陛下が眉根を寄せた時……部屋にアリア様とエレノアが入ってきた。

エレノアは何かに怯えているかのように、涙目でアリア様にぴったりとくっついている。

「変な化粧をしたおばちゃんに、『貧相なガキがもう一匹いたなんて！』って怒鳴《どな》られたの」

「あの大馬鹿女、私の顔を忘れてエレノアに暴言を吐《は》いたのよ」

エレノアも可哀想に。相当怖い思いをしたはずだ。

「エレノア、大丈夫？」

「うぇーん！　リズー！」

リズとスラちゃんが慰めると、エレノアはポロポロと涙をこぼした。

「事情を話すとだな……まずあの女は例のジャンク公爵の妹なんだ。余の妃《きさき》の座を狙っているらしく、伯爵令嬢であるケイリを目の敵《かたき》にしておる。ちなみに、まだ十九だ」

「えー、おばさんだと思ったよ」

「うん、おばさんにしか見えなかったの」

リズとスラちゃんに加えて、泣き顔だったエレノアまでビックリしている。エレノアに至っては、驚きのあまり泣き止むほどだ。

僕も【鑑定】で事前に情報が分かっていなかったら、リズたちと同じリアクションをしただろう。

「ケイリはシェジェク伯爵の娘でな。あの女とは学園の同級生なんだ。ケイリは文武両道《ぶんぶりょうどう》で、余の側妃候補なんだが……」

あっ、ケイリさんって皇都に来る途中で出会ったシェジェク伯爵の娘さんなんだ。

「だからあのおばさん、ケイリさんに酷いことを言ったんだね」

リズが納得している。ケイリさんが貴族令嬢であることに驚きはない。まだ短い付き合いだけど、彼女が素敵な人だって分かるから。

「ケイリは近衛騎士を目指して訓練をしていた時に大怪我をしてな。片足に後遺症が残ったその事件は、ジャンク公爵とブランが仕組んだものだとも言われている」

「えー、あのおばさん酷いなあ。お姉さんが可哀想なの」

実年齢を聞いたのに、リズとエレノアはブランのことをおばさん呼ばわりしている。

でも、それで暴言を吐いてきた理由が分かった。

自分は公爵令嬢で妃の座を狙っているのに、候補者は自分よりも爵位の低い家の同級生……プライドを傷付けられたとでも思ったのだろう。

「お兄様、先ほどあったことは謁見の際に追及していいですか？」

「構わぬ。毒のこともあるし、余もジャンク公爵家には頭に来ていた」

謁見の場には帝国貴族……ブランもいるらしい。どうやら、ジャンク公爵の代わりに来たみたいだけど、果たしてどうなることやら。

アリア様が怒っているので、ただじゃ済まないと思うけど。

「皆様、お時間になりました」

「おお、もうそんな時間か。では行くとしよう」

そうこうしているうちに、係の人がやってきた。皇帝陛下の言葉で、みんな一斉に立ち上がる。

うーん……この後は一波乱ありそうだ。


皇帝一家が先に会場入りした後、僕たちの名が呼ばれた。

「ブンデスランド王国より、国王陛下の名代《みょうだい》としてアリア王妃、エレノア王女殿下、アレクサンダー様、エリザベス様のご到着です」

係の者のアナウンスと同時に、謁見の間の重厚《じゅうこう》な扉が開いた。

大きな謁見の場は、一段高くなった部屋の奥に皇帝陛下が座る玉座がある。両サイドには官僚と思しき人が並んでいた。

扉から玉座の近くまでまっすぐに赤い絨毯《じゅうたん》が延びていて、その両脇に貴族が頭を垂れていた。

ブランは……おお、公爵家だけあって玉座に近い場所にいるんだ。

僕は絨毯の切れ目まで進んで、一歩前に出る。膝をついて頭を垂れた。リズたちも僕の後ろにいるけれど……アリア様はわざと一歩下がり、ブランの真ん前でスタンバイした。

「一同、面を上げよ」

皇帝陛下の言葉に、僕たちも控えていた貴族も一斉に顔を上げた。

「げっ！」

ブランの声が聞こえたけど、謁見中だからスルーする。

「初めまして、僕はアレクサンダーと申します。アダント帝国皇帝陛下のご尊顔《そんがん》を拝見することができ、恐悦至極《きょうえつしごく》にございます」

「うむ、遠いところはるばるご苦労だった。こちらの招待を受けてくれて何よりだ。幼いのに立派な口上《こうじょう》だな」

「恐縮です。こちらが、国王陛下よりお預かりした書状です」

「うむ、確認しよう」

係の者が僕から書状を受け取り、皇帝陛下に渡す。幼い僕の口上と所作に驚いたのか、帝国貴族たちから感嘆の声が小さく上がる。

ふう、ティナおばあ様と一緒に謁見する時の練習をしておいてよかった。彼女に教えてもらった口上も噛まずに言えたし……スパルタ練習に耐えた甲斐があった。

「うむ、確かに受け取った。ガイア・ブンデスランド国王からは、そなたは稀代《きたい》の天才だと聞いて

いる。それでいて、すでに二つ名を持つほどの功績を残しているほど勇敢な冒険者でもあるとか。そなたの将来が楽しみだな」

「ありがとうございます」

「そなたを国賓として招いた判断は正しかった。会談にも参加するとのことだが、どんな意見が聞けるか興味深く待っていよう」

僕と皇帝陛下とのやり取りに、後ろの貴族もうんうんと頷いている。ここまでは普通の謁見だ。

さて、ここから僕たちの芝居《しばい》が始まります。

「しかし、そんな国賓に対し危害を加えようとした者がいたと聞く。誠に申し訳ない」

「皇帝陛下、僕たちは無事に皇都に到着しましたが……途中で心なき領主に苦しむ住人と出会いました。彼らを助けていただければ幸いです」

「被害を受けた民への救済は必ず行おう。また、関係者を処罰することも約束いたす」

「感謝いたします」

僕たちが帝国皇都に着くまでにあったことは、すでにすべての貴族に周知されているそうだ。

さらに、今までのらりくらりと逃れていたジャンク公爵への本腰を入れた捜査が始まっている。当主である彼も、現在謹慎中《きんしんちゅう》だって聞いた。

ちらっと後ろを見ると、ブルブルと震えているブランがいた。気にしないことにしよう。

「我が妹、アリア。久しいな。元気そうで何よりだ」

「兄上におかれましては、ますますのご活躍をお慶《よろこ》び申し上げます」

皇帝陛下がアリア様に話を振った。

「お兄様、一つ申し上げてもよろしいでしょうか。我が国と帝国の今後に関わることにございますわ」

丁寧な口調でアリア様が言うと、皇帝陛下は頷いた。さあ、お芝居もいよいよ佳境だ。

「アリアよ、申すがよい」

「はい。まず確認ですが……今回、アレクサンダーとエリザベスが罷《まか》り越《こ》すことは、貴族に報告いたしましたか？」

「もちろんだ。『幼い子を国賓として招くとはいかがなものか』と、余に噛みついてきた男もおったわ」

おっと。こっそり振り返ったら、ブランがさらにブルブルと激しく震えている。皇帝陛下に噛みついたのは兄であるジャンク公爵みたいだ。

「実は、謁見服を着た二人と、私の娘であるエレノアのことを、罵《ののし》ってきた者がこの場にいます」

「なんと！　余が招いた国賓に向かって、そのような無礼な振る舞いをするとは。一体誰だ!?」

皇帝陛下が大げさにならない程度に声を荒らげた。

「こちらにいらっしゃる、ジャンク公爵令嬢ですわ」

謁見の場がざわめいた。ただ悪い反応ではない。アリア様の決然とした態度を支持する声が大きいんだ。

「アレクサンダー、アリアが言っていることは真か？」

「はい、そうです。僕たちを案内してくださった方や護衛の人が一緒の時でしたから、証言してもらうこともできますよ」

「公衆《こうしゅう》の面前《めんぜん》でそのようなことを言ったのか！　ジャンク公爵令嬢、申し開きはあるか！」

「あ、いえ。えっ、あ、その、あの、えーっと……」

皇帝陛下がジャンク公爵令嬢を問い詰めているけれど、当の本人はしどろもどろで答えられないみたいだ。

ぞくぞく！

「えっ、何？」

突如、僕の背後で殺気が膨れ上がるのを感じた。

「ふしゅー……ふしゅー……」

慌てて振り返ると、荒々《あらあら》しく息を吐いているブランがいた。顔を真っ赤にして、不気味に沈黙している。

「うわーん、おばさんが睨んできたよー！」

「えーん、怖いよー！」

リズとエレノアが泣き出した。二人に抱きつかれたアリア様は、ブランを負けじと睨み返している。

さっきまでの、顔面蒼白《がんめんそうはく》で震えていた姿はどこに行ったのだろう。今のブランは、まるで鬼《おに》のような気迫だ。

「ジャンク公爵令嬢を拘束せよ！」

「「「はっ」」」

すぐに皇帝陛下が近衛騎士に命じ、ブランを捕らえにかかった。

ブランはあっという間に捕まる。これで一安心……そう思った時だった。

「クソッ、何をしますの!?　私は偉大《いだい》なるジャンク公爵家の娘！　誰の指図も受けません！　邪魔をするなー！」

「「「ぐああ!?」」」

なんとブランは、屈強な近衛騎士を吹き飛ばしたのだ。そして、こちら目掛けてダッシュしてくる。

シュイーン！

僕は咄嗟に【魔法障壁】を展開して、アリア様とリズたちの前にバリアを張った。ただ――

「ガキが！！！」

ズドーン！

「うわあ!?」

ブランの狙いは僕だった。凄まじい気迫に一瞬怯《ひる》んだ僕を、タックルで吹き飛ばす。

「お兄ちゃん!?」

「アレクお兄ちゃん！」

アリア様に縋りついて泣いていたリズとエレノアが、僕のところまで駆け寄ってくる。

「いた……」

転んでしまったけれど、大した怪我じゃない。

「う、ううっ……クソッ、クソが！」

「おとなしくしろ！　抵抗するな！」

僕が立ち上がった時には、ブランは他の近衛騎士によって今度こそ捕らえられていた。

吹き飛ばされた近衛騎士は、いまだに動けない人もいる……火事場《かじば》の馬鹿力《ばかぢから》ってやつかな。ブランはゴブリンキング並みのパワーで抵抗したわけだ。

「お兄ちゃん、血が出てる！」

「えっ……あっ！　転んだ時に、どこかにひっかけちゃったのかな？」

「アレクお兄ちゃん、大丈夫？」

リズの言う通り、服の左腕あたりに血がにじんでいた。わずかな出血だったので、すぐに回復魔法で癒やす。エレノアが不安そうに僕を覗き込んだ。

怖いだろうに、リズとエレノアは僕にぴったりとくっついて離れない。僕も二人を心配させないように振る舞わなくちゃ。

「公衆の面前で国賓を罵るばかりか、あろうことか謁見の間で暴行を働くとは……！　早急に牢屋に入れ、厳しく尋問せよ！」

「よくも可愛いアレク君に手を出したわね。ただじゃおかないから覚悟なさい！」

皇帝陛下とアリア様がとんでもなく怒っている。

「うるさーい！　私は偉大なるジャンク公爵家の娘だぞ！　貴様らなんかの指図は受けない！」

怒れる兄妹の殺気を浴びてなお、ブランは口から唾《つば》を飛ばした。目をカッと見開いて叫んでいる。

僕は今度こそ油断せず、暴れるブランが連行される様子を見守った。

リズとエレノアは僕に抱きつき、ぐすぐすと鼻を鳴らす。

「謁見は中止とする。ジャンク公爵家に対する処罰は改めて言い渡す」

皇帝陛下の鶴《つる》の一声《ひとこえ》で、この場はお開きになった。僕たちは近衛騎士に付き添われて、謁見の間を退場した。


「皆様、お帰りなさ――アレク君、どうしたんですか！」

「お召《め》し物に血が付いていています！」

「ちだよ！」

控え室に戻ると、迎えてくれたルージュ皇妃、ケイリさん、リルムがこちらを見て驚いた。

そっか、生活魔法でまだ綺麗にしてなかったっけ。

汚れた上着を脱ぐと、謁見中はリルムのお守りをしていたスラちゃんが飛びついてきた。僕を心配そうに見上げた後、服に付いた血の痕《あと》を綺麗にし始める。

「ぐす……あのおばさん、リズたちを睨んできたから、怖くて泣いちゃったの……」

「ふえっ、そうしたらあのおばさん、アレクお兄ちゃんを突き飛ばしたの……」

「まあ、そんなことがあったんですね。リズちゃんもエレノアちゃんも、とても怖かったね」

「「うわーん！」」

ルージュ皇妃に慰められ、リズとエレノアが彼女に抱きついて、また泣き出す。

リルムは困った顔をして、泣いている二人の背中を撫で撫でした。

「私が居合わせたばかりに……アレクサンダー様、申し訳ございません」

ケイリさんが僕に頭を下げているが、彼女はまったく悪くない。すべての原因は、ブランが大暴走したことにあるんだから。

しかし……暴力を振るってきた前世の母親を思い出して、固まっちゃったのがよくなかったな。

さすがにちょっと怖かった。人間ってあそこまで酷い振る舞いができるんだ。

「国賓に怪我をさせてしまうとは……余の不手際だ」

……と、ここで皇帝陛下とアリア様が控え室に入ってきた。

後ろにはミッドウェー宰相も控えている。多分、この後のことで話があるんだろう。

「まずは全員に謝罪する。申し訳ない。特にアレクサンダーは怖かっただろう？」

みんなを見渡し、皇帝陛下が深々と腰を折った。

「謝罪は大丈夫です！　だから、顔を上げてください」

「王国への正式な謝罪は別途行う。経緯を記した書状を用意するから、渡してくれるか？」

「分かりました。書状を受け取ったら、すぐに届けますから！」

僕がそう言うと、皇帝陛下はやっと顔を上げた。

このままでは国の代表を傷つけられ、メンツを潰されたブンデスランド王国の立場がない。僕はもう平気だけど、正式に謝ることは大切だろう。

「事が大きくなったから、私はいったん王国に戻って陛下に報告することになったの。アレク君、【ゲート】を頼めるかしら？」

「よろしくお願いします、アリア様。夕方になったら迎えに行くので、できれば穏便《おんびん》に済ませてくださいね」

「ええ。ここで戦争ってなったら、ジャンク公爵の思う壺《つぼ》だものね」

ブランはジャンク公爵の妹だ。兄の過激《かげき》な思想に染《そ》まっていてもおかしくない。彼女って、自分の思い通りにいかないと、大暴れする性格なのかも。

すると、ミッドウェー宰相が僕に話を振ってきた。

「アレクサンダー様、午後に予定していた軍の療養所の件は、中止を――」

「もちろん、行きます」

「いやいや、取りやめさせてください。あんなことがあったばかりです。どうかお休みを」

ミッドウェー宰相は僕が怪我をしたのを考慮してくれたと思うんだけど……このくらいちっとも問題ない。

「僕は冒険者なので、これくらいの怪我は慣れています。それに、ここで負けたらジャンク公爵の思い通りになっちゃいます」

「リズ、お兄ちゃんの分まで治療するよ！」

「お手伝いするなの！」

リズもエレノアもブランに負けるのだけは嫌みたいで、手を上げて威勢《いせい》よく言う。

「……分かりました。皆様のご厚意に感謝いたします」

僕たちが言い募《つの》ると、ミッドウェー宰相は仕方なく折れてくれた。

「私が責任を持って同行しましょう。リルムにはまだ早いと思いましたが……これもいい機会です。お客様たちばかりに迷惑はかけられませんわ」

「がんばる！」

王国に戻るアリア様の代わりに、ルージュ皇妃が保護者役を買って出てくれた。リルムはリズとエレノアの真似をして手を上げる。

護衛の近衛騎士を増やすことを条件に、軍の療養所の慰問は予定通り行くことになった。

「じゃあ、アレク君のジャケットは預かるわ。このくらいなら王城の裁縫係《さいほうがかり》がすぐに繕《つくろ》ってくれるわよ」

僕は、穴が開いてしまった謁見服をアリア様に預けた。そして皇城から王城まで【ゲート】を繋ぐ。

アリア様はすぐに陛下のところに向かった。

「では、私たちも療養所に向かいましょう」

「「はーい」」

僕たちもルージュ皇妃と共に厳重警戒の中、軍の療養所に向かった。


軍の療養所は皇城の敷地内にあったので、すぐに到着した。

「うわあ、怪我した人がいっぱい！」

「実は最近軍の訓練中の事故が多く、怪我人が多いのです」

「絶対にジャンク公爵のせいだ……」

リズとルージュ皇妃が話している。

ケイリさんも「訓練中の事故で怪我した」と言っていたけど、これは多すぎるだろう。

幸いにして【合体回復魔法】を使うほどの重傷者はいない。手分けをすればさくっと終わりそうだ。

「怪我人の代わりに、ジャンク公爵の息のかかった者が軍の主導権を乗っ取ろうとしているんです。今は、なんとか抑えている状態で……」

ルージュ皇妃の話を聞いて、拳を握る。自分の欲望のために、罪のない兵が犠牲になったのか……そんなの、許せない。早く怪我を治してあげないと。

あとは、いつもの通りの流れだ。

僕が怪我をしたと聞いて駆けつけてきたハンナお姉さんとマヤお姉さんは、包帯の交換を中心に走り回っている。

「どうですか？　痛くないですか？」

「凄いな。さすがは『双翼の天使』様だ。君の代わりに、ジャンク公爵をぶん殴ってやるからな！」

僕とリズ、スラちゃんにとって怪我人の治療はお手の物。どんどん治療していく。

リルムもエレノアと一緒になって、張り切って働いていた。

その様子に、ルージュ皇妃とケイリさんが目を丸くする。

「この子たちは、凄いですわね……」

「まったくです。我々も負けていられません」

僕たちは冒険者の怪我も治しているので、荒くれ者には慣れているから全然平気だ。厳つい顔をした兵士たちに、リルムは泣かずに……それどころか笑顔で頑張っている。

皇女様がニコニコしながら自分たちのために働いているので、兵士たちはみんな奮起《ふんき》していた。

僕たちの作業は想像以上に早く進んだ。

「あ、治療できたの！」

「エレノア、凄い、凄い！」

「かっこいーー！」

なんと、エレノアが少しだけ【回復魔法】を使えるようになったのだ。リズとリルムとスラちゃんは、両手を上げて大喜び。どうも、スラちゃんから【回復魔法】の使い方を教えてもらったみたいだ。

新たにエレノアが軽傷者の治療をするようになったので、今度はリルムがスラちゃんを抱えて動き回る。

さすがに一人だと心配なので、ルージュ皇妃がサポートに回った。

「今、どんな状況で――えっ、もう終わったのですか？」

ミッドウェー宰相が僕たちの様子を見に来た頃には、すべての怪我人の治療が完了した。

エレノアが軽傷の治療ができるようになったので、効率よく治療ができた。しかも、兵は傷が治っただけでなく、士気《しき》も上がっている。みんな、やる気満々だ。

そんな僕たちと兵の様子を、ミッドウェー宰相が微笑んで見守っていた。

「今回のことは、お互いの担当者を立てて話をすることになりそうよ。まあ、あの馬鹿から財産を取り上げて、それを賠償金《ばいしょうきん》にするって感じかな」

夕方。アリア様を【ゲート】で迎えに行ったら、王国側の話を伝えてくれた。なんでも、僕が帝国に滞在している間に、一度外務担当の者がこちらに来るそうだ。

僕としてはそこまでしなくても……って感じだけど。ただ、公の場で事件が起きちゃったから、いろいろあるんだろう。


あっという間に夜になり、僕たちを歓迎する夕食会の時間だ。

参加するのは、王国側からは僕とリズ、アリア様にエレノア。帝国側は皇族一家と官僚の人たちだ。

ただ、官僚の皆さんの表情は硬い。

皇都に着くまでの事件や、ついさっき僕が怪我をさせられたことを受け、気を揉《も》んでいるからだろう。

全員が揃ったところで、皇帝陛下がグラスを掲げた。

「謁見にて国賓に対して詫《わ》びようもない事態が発生した。にもかかわらず、彼らは積極的に兵の治療にあたってくれた。その懐の深さに感謝を示し、両国の繁栄《はんえい》を祈願《きがん》して乾杯の挨拶とする。乾杯！」

「「乾杯！」」

乾杯の挨拶が行われ、歓迎のパーティーが始まった。

「お兄ちゃん、このお野菜のマリネがおいしいよ！」

「アレクお兄ちゃん、こっちのお肉もおいしいの！」

「よかったね、二人とも。いっぱい食べな」

リズとエレノアが口の周りをベタベタにしつつ、満面の笑みを浮かべる。僕は二人の口の周りを拭いてやった。

「おいちいよー！」

「そっか、そっか。ゆっくり食べてごらん」

「うん！」

口元をベタベタに汚したリルムが近づいてきた。その汚れも拭《ぬぐ》ってあげると、いろいろな人がクスクスと笑う。

「いやあ、アレク様は子守も上手ですな」

「人見知りのリルム様が、あんなに心を開くとは……すっかり彼に懐いておられる」

「子どもたちのためにも、我が国の膿《うみ》は出し切っておかねばなりますまい」

ずっと難しい顔をしていた官僚たちが、声を上げて笑っている。よかった。食事は楽しくしないとね。中には僕のことを親しみを込めて愛称で呼んでくれる人もいて、なんだかいい雰囲気だ。

リズたちは目の前にあるおいしいご飯に夢中だ。

帝国の官僚の一人が、僕に話しかけてきた。

「アレク様は、今後も冒険者を続けられるおつもりですか？」

「はい。冒険者活動で得られる経験は大きいですし、いろいろな人と出会ってみたいので」

「なるほど……あなたの境遇は聞いております。その年にして博識《はくしき》で、大人びていらっしゃるのはそうした心構えにも由来《ゆらい》しているのでしょうね」

よほどのことがない限り、僕は冒険者活動を続けるつもりだ。リズと二人で生きるためになった冒険者だけど、得難い経験ばかり積ませてもらっている。

その人が去ってくと、軍人っぽい装《よそお》いをした官僚が話をしに来た。

「あなたはなかなか勇気がある。謁見の時、咄嗟に周囲を庇うとは……」

「緊急時はいつも無我夢中なんです。自分が怪我するかもなんて、考える暇もありませんでした」

「困ったことがあったら力になりましょう。いつでも言ってくだされ」

そんなこんなでいろいろな人と話ができ、歓迎パーティーは無事に終わった。

何事もなかったので、皇帝陛下もホッとしているみたいだ。


「今日はいろいろとあったので、早めにお休みください」

「アレク殿下が怪我をしたと聞いて、本当に驚いたのですから」

ケイリさんとジェリルさんにも、今日はだいぶ心配をかけてしまった。

なかなかハードスケジュールだったこともあり、僕とリズとスラちゃんはあっという間に眠ってしまったのだった。

◆　◇　◆

皇城に着いて三日目。今日は、当初から予定されていた通り、治療院への慰問へ向かう。

昨日に引き続いての治療の依頼に、リズとエレノア、スラちゃんはやる気満々だ。

夕食前には、昨日の謁見の件で帝国の外務卿からお話があるらしい。

アリア様もいるし、僕から特に何かを話すことはなさそうだ。

朝食を食べたら、みんなと一緒に馬車に乗って治療院へ向かった。


「こちらの施設になります」

「教会とは別の場所なんですね」

「ここは皇族と貴族が中心となって設立した治療院なのです。もちろん、教会にも治療院は併設されておりますよ」

僕たちは、今日慰問する治療院に到着した。ケイリさんから、治療院の説明を受ける。

警備強化のため、ジェリルさんたち王国の近衛騎士は全員同行していた。

ちなみに、引き続きルージュ皇妃、そしてアリア様が保護者として同行してくれている。

リルムはすでにスラちゃんを抱いていて、リズとエレノアと共にやる気満々です。

「「「こんにちは！」」」

「あら、可愛らしいお嬢様とお坊ちゃんね」

「フォッフォッフォッ、なんともめんこいのう」

病室に入ると、身なりのいいおじいさんとおばあさんがベッドで寝ていた。

どうやらこの治療院、貴族やお金持ち専用みたいだ。部屋はとても清潔だし、働いている治癒師の服装もどこか品がある。

ホーエンハイム辺境伯領の教会にある治療院には、貧しい人も来てたっけ……

いつものようにリズが重傷者を、僕が中くらいを、エレノアとスラちゃんが軽傷の人を担当しよう。


「ありがとうね、小さな治癒師さん」

そこそこの数の患者がいたけど、重症の人がほとんどいなかった。一時間ほどですべての患者の治療が終わる。

「いやあ、相変わらず手際いいわね」

「昨日も拝見しましたが、普通の治癒師よりも腕がよいのですのね」

アリア様とルージュ皇妃が褒めてくれるけど、僕とリズにとっては普通のことだしなあ。

もう何回も治療の経験があるので、このくらいならあっという間に対応できる。

ここで、ある頼みごとをしていたケイリさんから連絡があった。

「アレクサンダー様のお願いで、教会の治療院への慰問と治療を打診しました。ぜひに、と返事がありましたが、本当にいいんですか？」

「もちろん。まだまだ大丈夫です」

せっかく皇都に来たんだし……怪我をして困っていたり、病気で苦しんだりしている人は、できるだけ助けてあげたいよね。

ケイリさんによれば、教会の治療院は怪我人が多く、人手がちっとも足りないそう。これは結構大変なことになっているのかも。

その話を聞いて、リズたちは俄然《がぜん》やる気になっていた。

「「がんばるよー！」」

ルージュ皇妃は申し訳なさそうだけど、困っている人を見捨てられないのは僕とリズの性分《しょうぶん》だ。

ということで、みんなで馬車に乗り込み、次なる治療院へ向かった。

教会の治療院に着いてみると、まあビックリ。

「おい！　包帯が足らないぞ」

「薬草も不足しているわ」

「治癒師を追加で呼んできて！」

こちらの治療院は、とんでもなく混んでいた。よく見ると、町の人……というより、冒険者や旅商人っぽい装いの怪我人が多いように感じる。

ルージュ皇妃がすぐ、この教会の司祭様に尋ねる。

「これは一体……何事ですか？」

「皇妃様！　ジャンク公爵が皇都の冒険者ギルドに圧力をかけたことはご存じですか？　討伐依頼が減った結果、動物や魔物が増えまして……そのためか、町を出て仕事をする者を中心に、怪我人が多数発生しているのです」

あー……僕たちが皇都に来る途中でも、そんな話があったっけ。すでに魔物の数はなんとか通常レベルに減らしたものの、治癒師が足りなくてこの有様《ありさま》とのことだった。

「あのお馬鹿さん……！　我々の目が行き届かなかったせいですわ。本当に申し訳ありません」

わお、とうとうルージュ皇妃までジャンク公爵のことを馬鹿呼ばわりしてきた。

とはいえ、怪我人をどうにかしないとならない。

ルージュ皇妃のお願いで、僕は皇城に【ゲート】を繋いだ。すぐさま彼女は、宮仕えの治癒師を派遣するよう指示を出す。

治療院に戻った僕たちは、早速仕事を始めた。

働き始めてしばらくすると、なぜか軍の関係者っぽい人がやってきた。この治療院の様子を見てビックリしている。

あれ？　この人って、昨日の歓迎パーティーにもいたような……

「ご連絡いただき感謝いたします、皇妃様。すぐに軍の治癒師に治療へあたらせます」

「軍務卿、ギルドに調査を入れてください。おそらくですが、ジャンク公爵から賄賂などをもらっていた者がいるようです」

「はっ、すぐに」

あ、軍務卿だったのか。さっき皇城に戻った時、ルージュ皇妃が一報入れたみたいだ。

彼はすぐに控えていた兵士に指示を出し、追加で皇都周辺の定期巡回の強化も命じた。

「お兄ちゃん、手伝って！」

「分かった、今行く！」

おっと、リズからヘルプ要請だ。ベッドに寝ているその男性は、ウルフに食いちぎられたのか、右肘《みぎひじ》から先が欠損していた。

「よし、大丈夫だよ」

「えーい！」

シュイン、キラーン！

すぐに僕とリズ、スラちゃんの【合体回復魔法】が怪我人を癒やす。肘《ひじ》から先も無事に再生できた。

「お兄ちゃん、この人も！」

次の人は右足にかなりのダメージを負っていた。【鑑定】によれば、重度の骨折のようだ。

「了解。いくよ……せーの！」

シュイン、シュイーン！

こちらも【合体回復魔法】で治療する。欠損を再生する時ほどの魔力は必要ないけど、念のためね。

「次が最後の人だよー。これが終われば、多分大丈夫！」

「確かにそんな感じだね、リズ。よし、やるよ！」

最後の人はお腹のあたりが血まみれだ。きっと魔物の突進を避《よ》けきれなかったんだろう。

そんな人だって、僕たちの【合体回復魔法】ならあっという間に治せちゃう。

命に関わるほどの重傷者はもういない。だけど、まだまだ怪我人はたくさんだ。

応援に駆けつけてくれた治癒師と共に、僕たちは必死に働いた。

「さすがに疲れました……」

「「ヘロヘロだよ……」」

嵐《あらし》のような忙しさも一段落。残った怪我人を治癒師に任せ、僕たちは皇城に戻ってきた。

本当は最後まで手伝いたかったけど、魔力がほとんど尽きてしまったのだ。手伝ってくれていたカミラさんたち護衛のみんなもクタクタで、それぞれ休憩を取っている。

僕たちは昼食を食べるため、皇族用の食堂に来たのだけど……もう動けそうにない。誰もがヘロヘロになっている。

魔物であるスラちゃんでさえ疲れ果てていて、あの子を抱えて走り回っていたリルムはさっきからテーブルに突っ伏したままだ。血だらけの人を前にしても泣かずによく頑張っていたし、仕方がない。人見知りも発揮せず、みんなを助けようと一生懸命だった。

「みんな、お疲れ様です。ご飯食べたらゆっくり休んでくださいね」

「あの馬鹿の尻拭《しりぬぐ》いってのが癪《しゃく》だけど……民を助けるのは上に立つ者の義務だからね」

「「「「ふあーい……」」」」

眠気がきてしまってうつらうつらする僕たちに、ルージュ皇妃とアリア様が言っていた。


ご飯を食べた後は、アリア様の私室をお借りしてお昼寝タイム。

目が覚めるともう夕方近くだった……ってまずい！　帝国の外務卿との会談があるのに！

急いで身支度を整えて、アリア様と共に外務卿のもとに向かう。

先方は僕が熟睡《じゅくすい》してしまった理由を知っていた。理由が理由であるからか、予定時間よりも遅れてしまっても何も言われなかった。

「アレク様、体調はいかがですか？」

「まだ魔力は完全に戻っていないけど、夜に寝れば大丈夫です」

「またもやジャンク公爵の尻拭いをしてもらい、申し訳ない。今日は、謁見の件で王国へ渡していただきたい書状をお持ちしました。こちらを」

外務卿の言葉で、控えていた侍従が僕に書状を渡す。

「ありがとうございます。あの、今すぐ届けてきてもいいですか？」

「ええ、構いません」

許可をもらったので、早速王城に【ゲート】を繋いだ。

すると、向こうではワーグナー外務卿が何人かの官僚と共に僕を待ち構えていた。昨日、アリア様が「王国の外務担当の者が一度帝国に来る」と言っていたけど、それが彼のことだったみたい。

王国と帝国の外務卿会談が始まった。

「ふむ、書状の中身は目を通しました。この内容にて陛下にお伝えしましょう」

「よろしくお願いします。しかし、アレク様は逸材《いつざい》ですな。知識の多さもそうですが、今日も数多くの怪我人を治療したとか……凄腕の魔法使いだ」

「彼は王国でも大活躍ですよ。食料問題に対して、新しいアイデアも考案してくれたんです」

「ふふふ、ワーグナー外務卿の言う通りだわ。アレク君は両国の友好関係を維持するために、帝国に行くのを決してやめなかったの。とても責任感が強くて、優しい子なのよ」

あれ？　アリア様を交《まじ》えた両国の外務卿会談なのに……いつの間にか、僕の褒め合いになっている。

ま、まあ、悪い気はしないけどね。

◆◇◆

皇都に着いて四日目。

今日はリルムの誕生日パーティーがある。今回の帝国滞在のメインイベントが行なわれるんだ。

ちなみにパーティーはリルムのリクエストで、お花がいっぱい咲いている皇城の庭で行う運《はこ》びだ。

パーティーは夕方から。午前中は昨日訪ねた教会の治療院を再訪問しようと思ったんだけど……

「いーきーたーいー！」

「リルム、今日は駄目よ。パーティーの準備をしないとね」

主役のリルムとお母さんのルージュ皇妃は、パーティーの準備があるのでお留守番だ。リルムは、僕たちと一緒がいいと物凄く駄々をこねていた。

後ろ髪《がみ》を引かれる思いだったけど、僕たちにはどうしようもない。リルムを置いて治療院に向かった。

「昨日頑張ったから、今日は治療する人少ないね」

「これならすぐに終わりそうだね、お兄ちゃん！」

「よかったの」

僕たちが帰った後も、治癒師のみんなが頑張ってくれたみたいだ。

一時間と経たずすべての人の治療を終えた。僕とリズ、エレノアはホッとする。

だが、お仕事は終わらなかった。

「あのう……非常に申し訳ないのですが、『治療院に腕がいい治癒師がいる』と評判になり、多くの住民が治療にやってきてしまって……」

「「「本当だ!?」」」

窓から外を覗くと、たくさんの人が列をなしていた。どうも、僕たちの治療の腕が広まったらしい。

とはいえ、目の前に困っている人がいれば僕たちは助けるのみ。ほとんどが軽傷者だったので、それほど魔力を使わずに治療を終えることができた。

「いーきーたーかったー！」

「明日も治療院に行くから、一緒にやろうね」

昼食時に一緒になったリルムは、ほっぺたを膨らませて僕に抗議してきた。

どうやら衣装合わせがつまらなかったらしい。着せ替え人形になっちゃうもんね。僕もリズもエレノアも苦痛に思う気持ちはよく分かるからなあ。

明日も教会の治療院に行こうと思っていたので、リルムにはそのタイミングで手伝ってもらうことにした。

ちなみにホーエンハイム辺境伯領では『小さな魔法使い』とも呼ばれている僕とリズだけど、ここ、皇都ではエレノアが『小さな魔法使い』と呼ばれているようだ。僕とリズは相変わらず『双翼の天使』と言われているものの……王族の血が濃いリズは、髪の色がエレノアとそっくりだから、この二人が『双翼の天使』だと思い込んでいる人もいた。なお、スラちゃんは『マジックスライム』っていう二つ名で呼ばれ出している。

リルムはまだパーティー衣装の準備があるそうなので、一度別れる。

僕たちはアリア様の部屋に向かい、少し早めのお昼寝タイムだ。

そして……

「はい、これでできましたよ」

「わあ、お兄ちゃん見て見て！　リズ、お姫様になったよ！」

「エレノアもお姫様なの！」

お昼寝後、ついにパーティー衣装に着替えた。

ハンナお姉さんとマヤお姉さんが、リズとエレノアの衣装と髪形を綺麗に整える。二人とも、絵本に出てくるお姫様みたいだ。楽しくなってきたのかドレスを着てくるくる回っているけど……二人は本当にお姫様なんだから、少し自覚してほしい。

「大丈夫よ。あと数年もすれば、王族として自覚が出てくるわよ」

そう話すアリア様もパーティー用のドレスに着替えている。もちろん、僕もだ。

そんな時、部屋のドアが叩かれた。一体誰だろうと思って開けてみると、ケイリさんとシェジェク伯爵だった。

「あ、シェジェク伯爵だ！」

「エリザベス様、とても綺麗なドレスですね。娘……ケイリの膝を治していただき、ありがとうございました」

「リズが治したいって思ったから治したんだよ？　お金ならいらないよ？」

「はい、娘から伺っております。せめて、ということでお礼を言いに来ました」

こうして二人が並んでいるところを見ると、立ち居振る舞いがそっくりだ。さすが親子。

「シェジェク伯爵も、今日のパーティーに参加するんですね」

「出席可能な帝国内の貴族はすべて招待されているんですよ。領地は夫と息子に任せてきました」

知っている人がいるのといないのとでは、心持ちが違う。ちょっと安心だ。

「皆様、パーティー会場の控え室にご案内します」

「シェジェク伯爵、ケイリさん。僕たちはお先に」

「はい、行ってらっしゃいませ。会場でお会いしましょう」

シェジェク伯爵とケイリさん、それにハンナお姉さんとマヤお姉さんに見送られて、僕たちは係の人と共にパーティー会場――皇城の庭園にほど近いところにある控え室に向かった。

その部屋ではすでに、着飾った皇帝陛下とルージュ皇妃、そしてリルムがソファに座っていた。

本日の主役であるリルムは、薄いピンク色のドレスに着替えていて、髪を綺麗に整えてもらったみたいだ。

「わあ！　リルムちゃん、可愛いね！」

「本当だね。とっても素敵なの！」

「ありがとー！」

リズとエレノアがリルムに近づいていって、三人でキャッキャと笑っている……と、リルムは不意に僕のほうを向いた。

「アレクおにいちゃん、リルム、にあってる？」

「うん、とってもね」

「えへへ」

セットした髪形が崩れないように気をつけつつ、リルムの頭を撫でてあげる。彼女はにへらと僕に笑いかけた。

僕たちが向かい側のソファに座ると、皇帝陛下が口を開いた。

「驚かせないように先に断っておくが、パーティーで二つのことを報告する。一つはルージュの第《だい》二子懐妊《にしかいにん》について。もう一つは、ケイリが正式に余の側妃となること……つまり、結婚することが決定した件についてだ」

「おお！　ケイリさん、おめでとー！」

「リルムちゃん、お姉ちゃんになるの？　いいなー」

「リルムはおねえちゃん！」

この発表にはリズとエレノアも大喜び。リルムもお姉ちゃんになるのが嬉しいのか、二人と一緒に喜んでいる。

「お兄ちゃん。スラちゃんがね、『リルムの護衛は任せて』って言ってるよー」

みんなで和気藹々《わきあいあい》としていると、リズが急に言ってきた。

確かに、そのほうがいいかも。ジャンク公爵一派が何か企む可能性もあるし……スラちゃんには実際にエレノアを守った実績がある。

何よりも、当のスラちゃんがとってもやる気満々になっていた。

「皆様、お時間です」

「よし。では、行くとするか」

「「はーい」」

皇帝陛下の声かけに、リズとエレノアとリルムが揃って返事をした。リルムに抱えられたスラちゃんは、元気よく触手を上げる。

侍従の後について、僕たちは控え室を出た。


「皇族の方々と、ブンデスランド王国からのご来賓の入場です」

庭園の近くに着くと、係の人がアナウンスした。静まり返る会場を、僕たちは進んでいく。

案内された席に座ったところで、皇帝陛下が話し始めた。

「皆の者、面を上げよ」

一呼吸を置いてから、彼がさらに続ける。

「今日は、我が娘――リルムの誕生日パーティーに出席いただき、感謝する。パーティーが始まる前に、みんなに知らせたいことが二つある。一つは我が妻が第二子を懐妊したことだ」

最初の発表で、招待された帝国貴族からおおっと歓声が上がり、惜《お》しみない拍手が贈られた。

国を挙げての慶事《けいじ》だから、当然だろう。

「続いての報告だ。シェジェク伯爵家のご息女、ケイリを側妃として迎え入れることになった。今まではとある貴族に邪魔されていたが……もはや心配はあるまい」

陛下の発表に合わせて、ケイリさんが入場してきた。綺麗な薄グリーンのドレスに身を包んでいて、とってもよく似合っている。

暗《あん》にブランのことを言うと、あちこちから笑い声が漏れる。今まで散々ケイリさんをいじめたブランは、他の貴族からも嫌われていたらしい。

「では、帝国の発展とリルムの健《すこ》やかな成長を願って乾杯の言葉とする。乾杯！」

「「「乾杯！」」」

皇帝陛下の音頭に合わせてみんながグラスを掲げ、パーティーがスタートした。

庭園に優雅な音楽がかかった。皇帝一家のもとに、帝国貴族たちが殺到《さっとう》する。幼いリルムに配慮して、みんな短めの挨拶だったけど。いろんな言葉でリルムとケイリさんを祝っていた。

「ケイリ、おめでとう。とっても綺麗よ。やっとこの日を迎えることができたのね」

「お母様……」

シェジェク伯爵が挨拶に来た時には、ケイリさんはすっかり嬉し涙を流していた。早速リルムが「ケイリおかーさま」と呼ぶものだから、会場はとっても和《なご》やかな雰囲気だ。

来賓からの挨拶が終わっても、リルムはずっとニコニコとしている。その笑顔につられて、リズとエレノアもニコニコ顔だ。僕は触手を伸ばすスラちゃんと一緒に、リルムの頭を撫でてあげた。

パーティーに出されている食事も豪華な品ばかりで、とてもおいしい。主役も、招待客もみんな笑っていて本当に最高の誕生日会だ。

何事もなくパーティーが終われば言うことなしなんだけど……そういう時に限って、トラブルは起きるもの。

パーティー会場に、とある馬鹿が現れた。

「ハッハッハ、俺様を除け者《のけもの》にして楽しそうなことをやっているな！」

皇城の庭に豪華な服を着た、肥え太った男性が入ってきた。

後ろには下っ端っぽい貴族を率いている。

【鑑定】しなくても分かる。あの偉そうな貴族がジャンク公爵だろう。わざわざリルムの誕生日パーティーを邪魔しに来るなんて。

ジャンク公爵の登場を想定していたのか、すぐさま騎士が盾になる。僕たちの周りも、近衛騎士のみんなとカミラさんたちが固めてくれた。

「帝国史上最悪の犯罪者めが……そなたには謹慎《きんしん》を命じていたはずだが、何をしに来た？」

「うるさい、うるさい、うるさーい！　俺様はこの国で一番偉いのだ！　貴様なんかの指図は受けないぞ！」

凄い、ジャンク公爵は本物の馬鹿なんだ。妹のブランと同じようなことを言っているし、皇帝陛下の冷めた忠告を意にも介《かい》さない。

パーティーを楽しんでいた帝国貴族の人たちが、あまりのお馬鹿さに失笑しているぞ。

「お兄ちゃん、【回復魔法】でもお馬鹿さんは治らないよね？」

「治らないよ。馬鹿は【合体回復魔法】でも治療できないもん」

リズの質問に、僕は即答した。だって、本当の話だからね。

「このチビども……！　テメーらなんて、さっさと魔物に食われちまえばよかったんだ。そうすれば、ブンデスランド王国と戦争を起こせたのに！　戦いに乗じて王位を簒奪《さんだつ》するはずが、台無しだ！」

「お兄ちゃん、駄目元で【合体回復魔法】をやってみる？」

「リズ、やっても無駄だよ。【鑑定】したけど、『お馬鹿さんなのは治しようがありません』だって」

「「ぶふぉっ！」」

「貴様ー！」

ジャンク公爵の叫びを無視して、相変わらずリズはマイペースだ。僕としても嫌なことを言われて黙っているのは癪なので、あえて相手を怒らせるような言い方をする。本当は【鑑定】にそんな結果は出なかったけどね。

堪えられないのか、庭園の至るところで笑い声が漏れている。

「もう怒ったぞ。貴様ら全員、皆殺しにしてやる！」

シュイン、シュイン、シュイン！

ジャンク公爵が懐から魔導具を取り出し、天に掲げた。大量の魔法陣が現れたかと思うと、一瞬にして皇城の庭に豚のような魔物――オークがたくさん現れる。

「ついでに、とっておきも使ってやるぞ！」

シュイーン、キラーン！

ジャンク公爵は、さらに何かの魔導具を追加で使う。

庭園を覆うように青白いバリアが張られた。

「ハッハッハ、これはエリア内のあらゆる生き物を逃げられなくするための魔導具なのだ。しかも、放出魔法を無効化するおまけつき。ガキは【ゲート】の魔法が使えるらしいが、これで外に行けないぞ！」

むむっ。そう来たか。試しに風の斬撃――【エアカッター】を撃《う》とうとしたら、失敗してしまう。

なんというか体内で魔力は練《ね》れるんだけど、発動した途端、霧散《むさん》してしまうのだ。

「それじゃあ、あのお馬鹿さんも逃げられないよね？」

「助けも呼べないから、捕まえやすくなったの」

「あっ……」

リズとエレノアの冷静な指摘に、ジャンク公爵は今頃になって気がついたみたいだ。

彼はキョロキョロとあたりを見回して、ワタワタする。

「そ、そんなの、オークで皆殺しにすれば――」

シュッ、ザク！

「「ブヒャー！」」

ジャンク公爵の言葉を遮るようにして、オークが倒された。リズとスラちゃんが魔法袋からファルシオンとロングソードを取り出して、あっという間に敵を切り刻んだのだ。

「体の外に魔力を出さない、【身体強化】は使えるんだよね。だったら楽勝だよ！」

「ひぃいいいい!?」

クルクルと舞《ま》うようにしてリズとスラちゃんが元の場所に戻ると、ジャンク公爵はドサリと尻もちをついた。

どうもあの魔導具は放出系魔法だけにしか効果がないみたい。戦いようはいくらでもある。

僕も魔法袋からダガーを二本取り出した。

「ははは。我々にオーク肉をプレゼントしてくれるとはな。馬鹿にもいいところがあるじゃないか！　皆の者！　隣国の来賓にばかり戦わせるなよ！」

皇帝陛下が高らかに笑い、侍従から剣を受け取った。以前、アリア様がお兄さんのことを「武術に長けている」と評《ひょう》していたけど、リズに負けず戦うつもりらしい。

周囲を鼓舞《こぶ》する皇帝陛下に、リズが反応する。

「あれ？　オークのお肉はおいしいの？」

「オーク肉は美味だぞ。特に、あの大きなオーク……オークジェネラルはかなりうまい」

「「「おーー！」」」

陛下からオーク肉がおいしいと言われて、テンションマックスのリズとエレノア、おまけにスラちゃん。リルムも真似をして、両手を上げて喜んでいる。

オークを前にリズとスラちゃんが剣を構えたが、その横には武器を構えた帝国貴族がたくさん並んでいた。

綺麗な装飾が施《ほどこ》されたレイピアを持ったシェジェク伯爵が、ポンとリズの肩を叩く。

「リズ様、みんなでオークを倒しましょうね。せっかくだから早めにお肉にしないと」

「うん、そうだね！」

日頃の鬱憤《うっぷん》が溜まっているのか、貴族も完全に戦闘モードになっている。

「今までジャンク公爵には散々な目に遭わされたからな」

「少しはストレス発散しないと」

「ひぃぃーー！」

逃げ道を自ら閉ざしたジャンク公爵一行は、結界の端まで走って僕たちから距離を取る。

「こんなこともあろうかと、預かっておいた来賓たちの武器を、信頼できる侍従に持ち込ませておいたのだ。万が一に備えてだったが、備えは大切だな」

さすがは皇帝陛下。だからみんな、迅速に戦闘準備できたのか。

「あー……ジャンク公爵一行には話を聞かないとならんからな。ちゃんと五体満足で捕まえるのだぞ。まあ、これだけの乱戦だ。多少、手は滑《すべ》るかもしれんが」

「「「承知いたしました」」」

皇帝陛下が苦笑しつつ、今にも飛び掛かりそうな貴族に注意すると、みんな、声を揃えて返事をした。

そこからは、一方的な蹂躙《じゅうりん》が始まった。

「お肉！　お肉がいっぱい！」

「「ブヒー！」」

普通ならかなり手強《てごわ》いはずのオーク。ましてや指示役のオークジェネラルがいるにもかかわらず、リズとスラちゃんは果敢《かかん》に挑んでいく。彼女たちはすでにオークをおいしく食べることしか考えていない。

「リズ、あまり突っ込まないの！」

「分かってるよー。とりゃー！」

僕は二振りのダガーを駆使《くし》して、オークジェネラルを切りつけた。

魔鉄製の僕たちの武器の切れ味は凄まじい。分厚いオークジェネラルの皮膚《ひふ》を簡単に切り裂《さ》いていく。

「凄いわ、これが『双翼の天使』様の実力なんですね！」

「リズちゃん、すごーい！」

さながら舞うように戦う僕たちに、ルージュ皇妃もリルムも興奮しているみたいだ。

皇帝陛下からオークジェネラルの肉が特においしいと聞かされたので、リズとスラちゃんは本気モードだ。あっという間にオークジェネラルにとどめを刺した。

オークだけになってしまえば、数で勝《まさ》るこちらの敵ではない。

「おらー、死にさらせ！」

「積年《せきねん》の恨みをここで晴らす！」

「「「ブヒャアア！」」」

士気高く突っ込んでいく武装した騎士と貴族に、オークは逃げ惑うばかり。溜まっていたストレスをこれでもかとぶつけられ、次々とオークが倒れていった。

「せやー！」

「ブヒュ……」

「おお。シェジェク伯爵、かっこいい！」

シェジェク伯爵はレイピアを扱い、一瞬でオークを貫く。彼女の華麗な剣さばきに、リズもスラちゃんも大興奮だ。

何十四もいたはずのオーク、そしてオークジェネラルはわずか数分で倒された。もちろん、貴族側に怪我人はいない。

スラちゃんが早速オークの血抜きに向かう。

「あ、あ、そ、そんな馬鹿な……こんな、はずでは……」

目の前であっという間にオークが倒され、ジャンク公爵は顔が真っ青だ。

「「ぐはぁ！」」

すでに取り巻きの貴族は、怒れる招待客たちに死なない程度に袋叩《ふくろだた》きにされている。

残されたのは無様《ぶざま》に震えているジャンク公爵のみだ。

「ふふふ、私に代わってくださる？」

「「「どうぞ、こちらへ」」」

満《まん》を持《じ》してアリア様も参戦だ。貴族に道を譲られて姿を現した彼女は、とんでもない武器を持っていた。

「あわわわ……」

アリア様の怒気をもろに浴び、ジャンク公爵は恐怖のあまり失禁《しっきん》している。

「すっごく大きいハンマーだ！」

「おばさま、かっこいい！」

そう、アリア様が肩に担《かつ》いでいるのはごっついバトルハンマー。木製とはいえとんでもないサイズで、当たればかなりの威力だろう。

アリア様の勇ましい姿に、リズとリルムのテンションが上がりまくっている。

「さて、お仕置きの時間ですね」

「あ、あわわ……」

「散々好き勝手にやってくれましたね」

「あぐっ、うぐ……」

「よりによって、可愛い姪《めい》っ子の誕生日パーティーをぶち壊しましたね！」

うわあ、いつになく丁寧な口調なのに、凄まじい怒気を感じる。

ジャンク公爵は自ら発生させた結界にぶつかっているにもかかわらず、必死に後ずさりしてダークモードのアリア様から逃げようともがいていた。

ブオン、ドギャン！

「ぼげらー！」

「おー、いい音！」

思わずリズが拍手した。

アリア様がバトルハンマーを一閃《いっせん》し、ジャンク公爵を結界に叩きつけたのだ。彼は前歯が折れ、鼻から血を流した。その胸元から、結界を張った魔導具がポロリとこぼれ落ちる。

「これはもう不要ですね」

ブオン、グチャッ！

間髪《かんはつ》を容《い》れず、アリア様がバトルハンマーで魔導具を叩き潰した。

庭園を覆っていた結界が消える。異常を察して外で待機していた兵士たちが、一斉に雪崩れ込んだ。

「く、くしょう……！」

歯が折れたせいでうまく喋れないジャンク公爵が、胸元から再び何かの魔導具を取り出した。

シュイーン、キラー！

大きな魔法陣が展開され、空間が歪む。そして現れたのは……なんとナンバーズのビーナスだった。

「なんだっていうのよ、この忙しい時に……って、あら？　あなたを捜していたのよ」

ビーナスはジャンク公爵を睨み、ペロリと舌で唇を舐めた。

「ビーナスさん、どうしたの？」

「あらー、リズちゃん！　町で会った時以来ね！　実はね、私、このお馬鹿さんを捜していたのよ。彼ったらあろうことか、闇ギルドからお金と魔導具を盗んだの。私を呼び出した魔導具なんて、とっても貴重なのよ」

「へえ、そうなんだ」

ジャンク公爵ってやっぱり闇ギルドと繋がっていたのか。というか、ナンバーズからも馬鹿呼ばわりされているんだ……

闇ギルド内で盗みを犯《おか》したくせに、ジャンク公爵は彼らに助けを求めるつもりだったみたいだ。どこまで自分勝手なんだろう。

ビーナスがゆっくりとジャンク公爵に近づいていく。自分を呼び出した魔導具を回収すると、皇帝陛下に視線を向けた。

「ねえ、ランベルト皇帝。このお馬鹿さんをどうするつもり？」

「……帝国の法律に則《のっと》って裁《さば》く。まず間違いなく死刑だろうが」

一瞬ビーナスを警戒するような素振りを見せた皇帝陛下は、相手に敵対する意思がないことを察したみたいだ。言葉少なく答える。

「じゃあ、処分は任せるわ。私たちとしても扱いに困っていたところだし」

ビーナスはその回答に満足したらしい。

ドス！

ジャンク公爵の股間《こかん》を思いっ切り踏み抜き、ビーナスがニコッと笑う。

「ぐふう……！」

彼は白目を剥《む》き、口から泡《あわ》を吹《ふ》いて気絶した。

「せっかくだから、再起不能にしておいてあげる。じゃあね」

それだけ言って、ビーナスは一瞬で別の場所に移動する空間魔法……【ワープ】で去っていった。

「私があの馬鹿にとどめを刺したかったのに……ナンバーズめ……」

あの、アリア様？　今の発言は聞こえなかったことにしてもいい？

護衛の近衛騎士と駆けつけた兵士によって、ジャンク公爵とその一味は連行されていった。

スラちゃんが血抜きをしたオークは、兵士がどんどん庭園の外に運び出す。

血で汚れた庭は【生活魔法】で綺麗にし、テーブルなどは侍従が並べ直した。

一時間もしないうちに、パーティー会場は元通りになった。

「それでは誕生日パーティーを再開しよう」

「「「おー！」」」

皇帝陛下の合図で、パーティーがまた始まった。

普通なら中止にするべきところだけど……誰も気にしていない。帝国の人たちって豪胆《ごうたん》だ。

「「お肉、おいしーい！」」

「おにく、おいしい！」

主役のリルムは、リズとエレノアと一緒に早速出てきたオーク肉にかぶりついている。結果オーライ……なのかな？

リルムの誕生日パーティーは、悪を倒し、無事に終わりを告げた。

◆　◇　◆

皇城に来て五日目。

いろいろあったリルムの誕生日パーティーは、なんだかんだで大いに盛り上がった。

捕縛されたジャンク公爵やその派閥に属する貴族たちの屋敷は、今朝から順番に捜査が行われている。

「貴族も官僚もやる気になっている。いい傾向だ」

朝食時に出会った皇帝陛下は、忙しそうにしつつも嬉しげに笑っていた。

「あの馬鹿がついに捕まったってね」

「あれがいなくなったとあれば、この国の未来は明るいよ」

教会の治療院へ行っても、話はジャンク公爵のことばかり。町の人たちからも馬鹿呼ばわりされてるし、彼がどれだけ酷い人物だったのか分かる。

ジャンク公爵のこと以外にも、大ニュースがある。

シュイーン！

「あ、できた！」

なんと、リルムが回復魔法を覚えたのだ。

治療の際にリルムと一緒にいたスラちゃんが、ちょくちょく教えていたみたいだ。

多分、彼女には魔法の才能がある。二歳にして回復魔法を使うなんて、僕にだってできなかったことだし。

「あらあら。リルム、凄いわね！」

「うん！」

ルージュ皇妃は得意げな表情のリルムの頭を撫で、褒めた。

彼女の第二子懐妊とケイリさんの側妃決定は、ジャンク公爵の件がもう少し落ち着いたら、国民に向けて大々的《だいだいてき》にアナウンスするそうだ。

「リルム様は小さいのに一生懸命だね」

「リルム様は、儂らの誇《ほこ》りじゃ。なんて心優しい子じゃろう」

小さいのにお手伝いをしようと頑張っているので、リルムの評判はすこぶるいい。

いつの間にか、周りからは『癒《い》やしの皇女様《こうじょさま》』と呼ばれ始めている。リルムらしくて、とても可愛い二つ名だ。

「リルムって人見知りだったのよ。でも、アレク君とリズちゃんとエレノアちゃんが来てから、こんなに活発になって……これならいいお姉さんになれるでしょうね」

ルージュ皇妃は感慨深そうだ。

確かに……僕たちと出会ってから数日しか経ってないのに、すっごく成長したよね。

教会の治療院から帰ってきて昼食を食べると、すぐに眠くなってしまった。お昼寝タイムだ。

今日はエレノアとリルムのリクエストで、僕とリズが泊まっている部屋で寝たいらしい。

侍女のハンナお姉さんとマヤお姉さんに見守られながら、僕たちは眠りについた。

昼寝から起きた後、僕はアリア様と会議室に向かった。なんでも、皇帝陛下から話があるそうだ。

会議室に行くと、皇帝陛下以外にも官僚が勢揃いしていた。このメンバーに僕とアリア様……もしかして、ジャンク公爵の件かな？

「ジャンク公爵一派の処分について、明日、臨時に貴族を集めて話をします。先んじて、アリア様とアレクサンダー様にご報告を」

ミッドウェー宰相が処分の具体的な内容を教えてくれる。

「今回の一連の事件に関わったジャンク公爵並びに各当主は、国家反逆の罪に問われます。おそらく死罪のうえお家断絶となるでしょう。賄賂を受け取って不正を行った者たちについても、調査が進み次第、適切な罰を与えていきます。アレクサンダー様に直接危害を加えた、ジャンク公爵の妹――ブラン・ジャンクも、ほぼ確実に死罪です。家宅捜索の結果、ケイリ嬢が怪我をした事件の他に、いろいろと暗躍していた証拠が見つかりましたから」

「あの馬鹿め、余を殺すことでより強大な権力を手にしたかったようだな。妹のほうは『妃の座に収まり私欲を肥やしたかった』と供述している。そんなことできるはずがないことくらい、考えれば分かるだろうに……身内でさえ足並みが揃わないとはな。どこまでも愚かなやつらだった」

皇帝陛下の言葉にみんなが頷いた。ようやくジャンクの悪運が尽きたんだろう。

それにしても、これで悪い人たちは一掃《いっそう》されるわけか。帝国に平和が訪れてくれればいいな。

「今回、ブンデスランド王国の来賓の方々には非常に迷惑をおかけしました。あなた方が受けた被害については、賠償金を出します。帝国の誠意《せいい》として、お受け取りください」

このあたりはミッドウェー宰相と王国の偉い人たちが今後詳細を詰めていくみたいだ。

「アレクサンダーよ。そなたは余の命の恩人だ。皇帝を救った褒美《ほうび》として、リルムを嫁《とつ》がせることも考えた」

「ちょっとお兄様!?」

「……そう睨むな、アリアよ」

自分の娘を褒美に差し出そうかって……アリア様じゃなくても怒ると思うよ。僕も思いっ切り口をへの字に曲げてしまった。

「今のは冗談だ、アレクサンダー。やはりそなたは聡明で心優しく、誰かのために怒ったり、戦ったりする勇気がある。どうかリルムとは……娘とはよき友人であってくれ。あの子があぁして心を開いたのは、アレクサンダーとエリザベス、そしてエレノア王女だけだ。これは父親としてのお願いでもある」

それならまったく問題ない。これから生まれてくるリルムの弟か妹とだって、仲良くしたいくらいだ。

お互いの立場とかは抜きにして、いい友達になりたいな。

◆　◇　◆

帝国滞在もついに六日目だ。今日は特に予定がないので、ゆっくりできる。

僕とリズが泊まっている部屋にアリア様とエレノア、そしてリルムが遊びに来た。リズが早速三人に飛びつく。

アリア様が本を小脇に抱えているから、読み聞かせでもするつもりかな？

リズたちはベッドいっぱいに絵本を並べ始めた。

そういえば……いつもリルムと一緒にいたルージュ皇妃が今日は不在だ。偶然部屋に居合わせたケイリさんに事情を聞いてみる。

「ルージュ皇妃様はどこかに出かけてるんですか？」

「いいえ。皇妃様は本日、つわりが酷くて……お部屋で休まれていらっしゃいます。アリア様はおそらく、リルム様の子守を代わられたのかと」

「それは……」

「子を産むというのは、本当に大変なことなのでしょうね……」

妊婦《にんぷ》さんが大変な思いをしているっていうのは、前世の保健体育の授業で習った。ケイリさんはルージュ皇妃の様子を見て、改めて母親の偉大さを感じたらしい。

「アレクおにいちゃん、えほん！」

……と、リルムが僕の手を引っ張ってきた。どうやら読み聞かせ役に僕をご指名みたい。

「お兄ちゃん、いつも難しい本を読んでいるんだもん。こっちで一緒に絵本を読もうよー」

「そんなに難しい本じゃないよ」

「嘘《うそ》ばっかり。アレクお兄ちゃんの本、全然分からないの」

リズとエレノアがブーイングした。

僕たちのやり取りを聞いて、ケイリさんは僕が読んでいる本に興味を持ったようだ。

「アレクサンダー様はどんな本を読んでいらっしゃるんですか？　私、とても興味があります」

「アレク君、ケイリさんに見せてあげて。きっとビックリするだろうね」

護衛をしてくれていたカミラさんに言われ、僕は魔法袋から数学の本を取り出す。これはアカデミー出身の先生から借りたものだ。

早速ケイリさんに本を渡す。前世で言うところの中学生くらいの難易度だ。僕としては復習になってちょうどいい。

ケイリさんはパラパラと本をめくる……やがて、顔を上げて熱弁《ねつべん》してきた。

「絵本を読みましょう、アレクサンダー様。これは本……というか、数学の教科書、あるいは問題集です。『幼い頃の情操教育はとても大事だ』と母も言っていました！」

「そーだ、そーだ！」

「絵本を読むの！」

「えほん！」

リズたちもケイリさんの勢いに乗っかって、「絵本を読もう」と大合唱《だいがっしょう》。いや、別にいいけど……

もともとリルムに読み聞かせしてあげるつもりだったし。

「アレク君は、たまには絵本も読んだほうがいいわよ。絵本の中にも、国のこととかを分かりやすく書いているのがあるもの。今度買ってあげるわね」

カミラさんにも追撃されてしまう。

当面、絵本を読むのが義務になりそうだ。

◆　◇　◆

皇城に来て、七日目。

帝国滞在の最終日――今日はいよいよ王国に帰る日でもある。

「うぅー……」

朝食を食べ終わってからというもの、リズはしょんぼりしっぱなしだ。リルムと離れ離れになることが、よほど寂しいらしい。

アリア様とエレノアにも会ったけど、やはりというか……エレノアもしょんぼりしていた。エレノアにしてみたら、リルムはいとこでもあるから余計に寂しいのだろう。

そして、ついに出発の時間になった。馬車ごと【ゲート】で王城に向かうので、中庭で別れの挨拶をする。

「うぅ……」

「ぐす……」

「うえーん」

リズとエレノアとリルムは、別れを惜しんで抱き合って泣いていた。

リズの頭の上に乗ったスラちゃんも、お別れを悲しんでいた。うーん、この状況で三人と一匹を無理矢理引き離すのは忍《しの》びない。

ということで、ここは大人に対応を任せることにした。

「みんな。来年には新年会やケイリの結婚式があるから、すぐに会えますわ。アレク君が【ゲート】を繋いでくれるって言っていたでしょう？」

「リルムがお姉さんになったら、エレノアとリズちゃんはプレゼントを持っていくんだものね。さ、また帝国に来る日を楽しみにしましょ」

「「「うん……」」」

ルージュ皇妃とアリア様が声をかけ、三人はようやく離れた。

三人とも涙と鼻水で顔がグチャグチャになっている。僕がみんなの顔を拭いてあげた。

「アレク君は優しいね」

「大切な人とのお別れがつらいのは、知っていますから」

僕だとうまく三人を説得できない予感がしたので、大人に任せちゃったけど……いいかな？

そう聞いてみると、アリア様は笑みを浮かべた。

「うん、それでいいわ。でも帰ったら、リズちゃんがまた寂しがるかもしれないから……少し気にしてあげてね、お兄ちゃん」

僕だって別れがつらくないわけじゃない。ただ、二度と会えなくなるわけではないと理解しているから、三人に比べて冷静でいられるだけだ。

「アレクサンダーには本当に世話になった。ありがとう」

「向こうに行ったら皆様によろしくね」

「また、お会いしましょう」

皇帝陛下、ルージュ皇妃にケイリさん、みんなと握手を交わす。

そして、最後にリルムと握手した。

「アレクおにいちゃん、またあえる？」

「すぐに会えるよ。だから、リルムも元気でね」

「うん、アレクおにいちゃん。ばいばーい！」

手を握った後はハグをする。リルムは涙を浮かべながら、少しだけ笑顔を見せた。僕はリルムの頭をグリグリと撫でてあげる。

【ゲート】を王城の中庭に繋ぐ。

馬車と近衛騎士たちが先に通過し、最後に僕とリズ、そしてマリア様とエレノアが【ゲート】をくぐる。

「「「さようなら！」」」

「「「さようなら！」」」

お互いに手を振り合う。僕は【ゲート】を閉じた。

第六章　ずっとそばにいるよ

ふう……旅の期間を除いたら、皇都には一週間しかいなかったのに、濃密《のうみつ》な滞在になったなあ。

そんなことを思っていたら、背後から声をかけられる。

「お帰りなさい。元気そうで何よりだわ」

「おばあちゃん！」

後ろから僕たちに声をかけてきたのは、ニコニコと笑みを浮かべているティナおばあ様だった。

リズが彼女に飛びつく。

それから僕たちは中庭から王城の一室に案内された。そこには、陛下とビクトリア様、ルーカスお兄様、ルーシーお姉様が待っていた。

「これが皇帝陛下からのお手紙です」

「うむ。確かに書状を受け取った。大役、ご苦労だった。思わぬ事件もあったが、無事に終わって何よりだ」

「本当ね。アレク君が怪我をしたと聞いた時はビックリしたけれど……」

僕たちを労《ねぎら》ってくれる陛下に、ビクトリア様も頷く。

国賓が襲われたとなれば大事件だ。王城のみんなもてんやわんやだったことだろう。

リズとエレノアは、早速ルーカスお兄様とルーシーお姉様に帝国での冒険譚を話している。特にルーカスお兄様たちは、リルムのことに興味を持ったみたいだ。

「さて、疲れているだろうから今日は帰るとよい。明日、貴族を集めて報告を行なう」

うっ。国を代表して帝国に行ったから、しっかり帰ってきた挨拶をしないといけないのか……すっかり忘れていたので、若干気が重い。

「かなり遅くなっちゃったけど、四日後にはリズちゃんの誕生日パーティーを王都のホーエンハイム辺境伯邸で行うわ。プレゼントを用意しているから、期待していてね」

「やったあ！」

ティナおばあ様の言葉に、リズは大喜び。

いろいろと帝国訪問でバタバタしていたから、彼女の四歳のお祝いが延び延びになっていた。身内だけでやる予定だし、気楽に参加できそうだ。

さて、僕たちは王城からホーエンハイム辺境伯領に帰ろうか。

リズとハンナお姉さん、マヤお姉さんと共に、ヘンリー様のお屋敷に【ゲート】を繋いだ。

ちなみに、カミラさんたち魔法使い三人娘は王都でまだやることがあるらしい。このまま残ることになった。

「「ただいま！」」

「おかえり、アレク君にリズちゃん」

「疲れたでしょう。さあ、中に入って」

ヘンリー様のお屋敷の玄関に出ると、すぐにヘンリー様とイザベラ様が駆けつけてきた。

いつもの応接室に通されると、エマさんとオリビアさんがミカエルをあやしていた。

ドドドド！

「あー、あー！」

ミカエルは僕たちのことを見つけると、猛《もう》スピードハイハイで近づいてきて、抱っこをねだる。

リズが屈むと、ギュッと抱きついた。

「うぅー……」

「ミカちゃん、どうしたの？」

「ミカエルも、僕たちに会えなくて寂しかった？」

僕たちがソファに座っても、ミカエルはリズを掴んだまま離れようとしない。

「ミカエル君、最初の二、三日はおとなしかったんだよ」

「だけど、アレク君とリズちゃんが急に来てくれなくなったから、悲しくなっちゃったみたいで……毎日毎日、二人を捜していたんです」

「そうなんだ。ごめんね、ミカちゃん」

「あうー」

エマさんたちの話を信じるなら、ミカエルは赤ちゃんながらに、僕たちがいないことに気がついたのか。それは寂しかっただろう。

ミカエルはリズに満足したのか、今度は僕に手を伸ばし、ギュッと抱きつく。

「ははは、やはり二人のほうがいいみたいだな」

「ぐずる赤ちゃんの相手をできて、エマとオリビアはいい経験になったわね」

ヘンリー様とイザベラ様が苦笑しつつ、僕とミカエルを眺める。

この様子だと、この子の子守は大変だったみたいだ。

「ヘンリー様、リズの誕生日パーティーのこと、陛下からお聞きしました」

「四日後の夕方から開く予定だ。時間を作って王家の方々も参加するそうだぞ。あと、ブリックス子爵夫妻といった縁が深い貴族たちも来るからな」

「お昼頃に王都に向かいましょ。特に着飾る必要もないからね」

「やった！　ドレスは動きにくいもん」

「はは、活発なリズちゃんらしいな」

着飾る必要がないと聞いて、リズが喜ぶ。でも、リルムの誕生日パーティーにオークが現れた時はドレスで動き回っていたような……

ちなみに、ミカエルは僕とリズが離れようとするたびにぐずってしまった。そこでお昼寝する時も夜寝る時も、僕たちがそばにいてあげることにする。

寂しかった分を埋めてあげないとね。

◆　◇　◆

帝国から王国に帰ってきた翌日。

僕とリズはヘンリー様と共に王城にいた。

僕たちが帝国でやったことを、陛下に報告しないといけない。

とはいっても、基本的には昨日渡しておいたランベルト皇帝からの手紙に書かれているから……貴族の前で陛下と少し話せば終わりです。

「はうー……ドレス、動きにくいよー」

「ほら、謁見が終われば着替えるから……我慢するんだよ」

ティナおばあ様の部屋で謁見用の服に着替えるけど、相変わらずリズはドレスが苦手だ。

それでも「少し頑張ればすぐ終わる」と励《はげ》まして、なんとか着付けが完了。

「動きにくいの、嫌なの……」

リズと同じく、エレノアもぼやく。

リズもエレノアもとっても綺麗なのに……二人して頰を膨らませているからとっても残念な感

じだ。

「ほらほら、二人とも嫌そうな顔をしないの」

「「はーい」」

アリア様から注意されて、二人は渋々と返事をした。

僕も準備が整ったので、みんなで謁見の間に向かう。

「此度の帝国訪問、大儀であった」

謁見の間には前回ほどではないけど、王都にいる多くの貴族が集まっていた。

もちろん、僕とリズのことに口出しをしたベストール侯爵一派も。闇ギルドとの関わりがなく、処罰されなかった何人かがこの集まりに参加しているそうだ。

僕は他の貴族よりも前に出ているので様子は窺えないけど……今日は野次が飛んでくることもない。

「滞在中に怪我をしたそうだが……その代わりに帝国の癌《がん》を排除するとは。アレクは、本当に末恐《すえおそ》ろしいな」

陛下がニヤリとして僕に話しかけてきた。

帝国の問題貴族だったジャンク公爵が捕縛されたというニュースは、王国でもかなりの注目を集めているみたいだ。

「此度の訪問は、王国にとってもアレクにとっても有意義なものとなった。繰り返すが……目先の利益に囚われず、国のため、人のために働くことを切《せつ》に願う」

「「「はっ」」」

陛下の言う通りだ。僕もそう思っている。

ベストール侯爵一派も、自分のことばかり考えて動くのではなく、国の、そして人のために働いてほしい。

少なくとも今は何も意見を言ってこないので、僕たちのことを認めて、考えを改めてくれたのかもしれないな。

こうして、帝国からの帰国報告は何事もなく終了した。

◆◇◆

帝国からの帰国報告翌日。僕とリズはミカエルとの朝の触れ合いを終え、冒険者ギルドに来ていた。

というのも、リルムの誕生日パーティーで討伐したオークの解体をお願いするためだ。

リズとスラちゃんが倒したオークのうち、半分はお土産としてもらってきた。もちろん、オークジェネラルもだ。

おいしいお肉を食べたいところだけど……その前に解体してもらわないとね。

「おじちゃん、オークって解体できる？」

「できるが、何頭だ？」

「えっとね、三頭！」

「三頭なら今日中にできるぞ。裏の倉庫に来てくれ」

僕たちはギルド所属の解体屋のおじさんを訪ね、その後についていった。スラちゃんが【アイテムボックス】からどーんと三頭を取り出す。

三頭……といっても、そのうちの一頭はオークジェネラルだ。解体のおじさんが目を見張る。

「お嬢ちゃん、これはオークジェネラルじゃねえか。一体どうしたんだ？」

「リズが倒したの！」

「嘘だろ……いや、坊主とお嬢ちゃんはゴブリンキングも倒したらしいからな。ありえるか……」

なんだか解体のおじさんが遠い目をしている。普通は、四歳児がオークを倒すことさえありえないからなあ……

お昼過ぎには解体が終わるとのことなので、それまで久々に依頼をこなすことに。

冒険者ギルドに戻ると、いつも一緒に薬草採取へ行く人たちが、僕たちを待ち構えていた。

「領主様の屋敷に帰ったところを見かけた人がいてね。きっと依頼を受けに来るだろうなって思っていたのよ」

わお、なんて的確な予想。一緒になることが多いおばさんがドヤ顔をする。

そのまま受付を済ませ、僕たちは森に移動した。


「うーん、アレク君とリズちゃんがいると、やっぱり実入りが違うわね」

「そうなんですか？」

「ええ。丸一日頑張っても、二人がいる時の半分しか見つけられない日もあるのよ」

リズは勘で薬草が生えていそうな場所を見つけるし、スラちゃんも薬草を見つけるのは大得意。

二人が秘蔵《ひぞう》スポットを教えてくれるから、ぐっと効率がよくなるそうだ。

今日も午前中のうちに十分な量が採れて、みんなは満足そうだった。


ギルドに戻って昼食を食べると、頼んでいたオークの解体が終わっていた。

「ほらよ、いっぱい肉があるぞ」

「うわあ、いっぱいだ！」

オークはたくさんの肉が取れるらしく、想像以上の量だった。

「半分は売却できますか？」

みんなで食べるにしても、ちょっと量が多い。

「食べ盛りのちびっ子でも、これは食い切れんよなあ。じゃあ、半分だ。売却代金から解体料を抜くとこのくらいの額になるが、いいか？」

こうなることを予想していたのか、解体のおじさんはすぐにお金を出してくれた。

お肉とお金を受け取って、ヘンリー様の屋敷に戻る。


「うーん！　お肉おいしいよ。いつものお肉よりも格段においしいよ！」

「貴重なオークジェネラルの肉だもの。いっぱいお食べ」

夕食の時に早速オークジェネラルの肉を食べたけど……お肉の旨味《うまみ》が口の中でジュワーッと広がり、とてもおいしい。

「このお肉、すっごくおいしい……」

「こんなにおいしいお肉、生まれて初めて食べました！」

エマさんにオリビアさんも大満足。ヘンリー様も、お肉のおいしさに舌鼓《したつづみ》を打っていた。

たくさんお肉があるのでハンナお姉さんたち侍従にもオーク肉が振る舞われて、みんなニコニコの夕食だった。

◆　◇　◆

今日はリズの誕生日パーティーが王都のヘンリー様の屋敷で行われる。

なので、お昼過ぎにみんなで王都に移動した。

「わあ、一瞬で王都に着いた！」

「アレク君の魔法って、本当に凄いです！」

【ゲート】初体験のエマさんとオリビアさんは、一瞬で王都に着いたことにビックリしていた。なぜかリズとスラちゃんが、二人に向かってドヤ顔をする。

ハンナお姉さんとマヤお姉さんも、僕たちのリクエストで一緒に来てもらった。

僕とリズはお昼寝の時間。寝ている間にいろいろ準備を進めてくれるみたいで、パーティー会場となるホールのほうからガタガタと物音がする。

「お兄ちゃん、パーティーってどんな感じかな？」

「エレノアやリルムの時と同じで、みんなで『おめでとう』ってお祝いするんじゃないかな？　おいしいものも、きっとたくさんあるよ」

「すーすー」

僕とリズは客室のベッドに潜り込み、どんなパーティーかを予想する。

ちなみに、一緒にベッドに潜り込んだミカエルは一足先に夢の中だ。

「さすがに一人一人挨拶するのは嫌だな」

「それはないよ。みんな、リズのことを知っている人だからね」

僕とリズは、ミカエルを挟んで眠りについた。ちなみに、スラちゃんはミカエルの枕になってぐっすりだ。


お昼寝を終えたら、いよいよパーティーが始まる。

王城から、ティナおばあ様をはじめとする王族組を【ゲート】で呼んできた。

陛下は、残念ながら忙しくなってしまったらしく不参加だ。

グロスター侯爵夫妻にブリックス子爵夫妻、ソフィアさんの実家であるケーヒル伯爵がすでに会場入りしている。

特に着飾ることもなく、みんな普段着だ。

「「リズちゃん、お誕生日おめでとう！」」

「ありがとう！」

リズは特等席に座って、とってもご満悦な表情です。

絵本だったり、新しいドレスだったりと、いろいろなものがリズに贈られる。

中には、リズがハマり始めている手芸セットもあった。

「私からはこれよ」

「わあ、ありがとう！　おばあちゃん」

ティナおばあ様は、冬に備えて新たな服——ケープをくれた。ふかふかのフードも付いていて、
防寒はバッチリだ。

実は僕にもリズとお揃いのものがあるそうなんだけど……主役はリズなので、あとでもらうことになっている。

「僕たちからはこれだよ」

「頑張って作ったなの」

「わあ、お人形だ！」

僕とエレノア、ルーカスお兄様、ルーシーお姉様とスラちゃんからは、お人形を渡した。

ビクトリア様とアリア様にいろいろと手伝ってもらったけれど、基本は僕たちだけで作った代物だ。

ちなみに、スラちゃんが人形作りの一番の戦力だった。細かいところは触手を使って器用に縫《ぬ》い合わせていたんだから。

リズは薬草採取で使うかごを魔法袋から出し、僕たちが作った人形を並べて入れる。

「さあ、食事にしましょう。ケーキも作ってあるのよ」

「やったー！」

王家御用達のお店で注文しただけあって、クリームがたっぷりの綺麗なケーキだ。

ハンナお姉さんとマヤお姉さんがケーキを人数分に切り分け、配っていく。

「おお、このステーキはオークジェネラルの肉か！」

「リズとスラちゃんが帝国で倒したんだよ！」

「なんと！　オークジェネラルを倒すとは……ははは、リズちゃんは凄いな」

グロスター侯爵は、今日使われている肉を一発で当てた。ただ、まさかリズとスラちゃんが倒したとは思ってもみなかったみたいだ。

一瞬ビックリしたけれど、すぐにニコニコの笑顔になってお肉を堪能《たんのう》している。

他の人も、オークジェネラル肉のおいしさにはとても満足していた。

「来年はアレク君とリズちゃんも五歳か。実は、アレク君の誕生日の頃にはジェイドとソフィアの結婚式を予定しているんだ」

「僕の誕生日ってことは……春くらいですか？」

「ああ。エマ嬢とオリビア嬢の学園生活が落ち着く頃合いを見計らってね。暖かくなるし、ちょうどいいだろう」

ヘンリー様とケーヒル伯爵が、僕に今後の予定を教えてくれた。

そっか、ジェイドさんとソフィアさんも結婚するんだ。

エマさんとオリビアさんの王立学園への入学も近づきつつあるし、来年のホーエンハイム辺境伯家はイベントが目白押しだ。

「アレク君にリズちゃん。結婚式は辺境伯領でやるのよ。お手伝いお願いね」

「うん、リズ頑張るよ！　とっても楽しみ！」

イザベラ様から頼まれて、リズとスラちゃんは元気よく手を上げた。

仲のいい人の結婚式かあ……参加するのは初めてだ。僕も頑張ってお手伝いしないと。

そんなことを思っていたら、不意にリズが僕を振り返る。

「あのね、リズはお兄ちゃんに『ありがとう』って言いたいんだよ。生まれた時からずっと、リズのそばにいてくれたこと。帝国の謁見でおばさんに襲われた時も、リズを守ってくれたもんね。今度は、リズがお兄ちゃんを守るよ！」

「ふふ、ありがとうね。僕はリズのお兄ちゃんだから、これからもずっとそばにいるよ」

「ありがとー！」

リズはニコニコして僕に抱きついてきた。

上機嫌なリズを僕も抱きしめる。頭を撫で撫でしてあげた。

「あー！　リズだけズルいよ。エレノアも、アレクお兄ちゃんとハグするの」

リズに妬《や》いたのか、エレノアも僕に抱きついてきた。さらに、スラちゃんまでくっついてくる。

そんな僕たちのことを、みんなが笑いながら見ていた。

僕もリズもエレノアも、たくさんの人に支えてもらっている。僕も、みんなのために頑張っていきたいな。

「来年は、アレク君もリズちゃんもエレノアと同じくらい盛大に誕生日パーティーを開きましょ」

「王城で、たくさんの人を呼ぶのよ。五歳のお祝いなんだから」

「「えー！」」

ビクトリア様とアリア様の言葉に、僕とリズは思わず悲鳴を上げてしまった。

みんな、僕たちを気にかけてくれるのは嬉しいけど……誕生日パーティーは、今日みたいなアットホームなもので十分だよ！

こうして、温かなリズの誕生日パーティーは無事に終わりを告げた。

Re:Monster
リ・モンスター
1～9・外伝
8.5
暗黒大陸編1～4
金斬児狐
Kanekiru Kogitsune
シリーズ累計
170万部
（電子含む）
突破!
2024年4月4日～!
TVアニメ
放送開始!!
（TOKYO MX、BS11ほか）
ネットで話題沸騰
怪物転生
ファンタジー
最弱ゴブリンの下克上物語 大好評発売中!
Re:Monster
リ・モンスター
金斬児狐
転生したのはまさかの最弱ゴブリン!?
【小説】
1～9巻／外伝／8・5巻
●各定価：1320円（10%税込）
●illustration：ヤマーダ
新章
Re:Monster
暗黒大陸編
リ・モンスター
1
最弱ゴブリンから最強黒鬼
そして新世界の伝説へ!
新たな旅が今始まる!
65万部!
新シリーズ!
【小説】
1～4巻（以下続刊）
●各定価：1320円（10%税込）
●illustration：NAJI柳田
コミカライズも大好評
Re:Monster
リ・モンスター
1
転生したのは…最弱ゴブリン!?
異世界下克上
サバイバルファンタジー
累計
23万部
突破!!
待望のコミカライズ!!
【漫画】
●各定価：748円（10%税込）
●漫画：小早川ハルヨシ

風波しのぎ
Kazanami Shinogi
シリーズ累計
270万部!
(電子含む)
THE NEW GATE
ザ・ニュー・ゲート
01~22
TVアニメ
2024年4月13日より 放送開始!
(TOKYO MX・MBS・BS11ほか)
コミックス
1~14巻
好評発売中!
デスゲームと化したVRMMO-RPG「THE NEW GATE」は、最強プレイヤー・シンの活躍により解放のときを迎えようとしていた。しかし、最後のモンスターを討った直後、シンは現実と化した500年後のゲーム世界へ飛ばされてしまう。デスゲームから“リアル異世界”へ——伝説の剣士となった青年が、再び戦場に舞い降りる!
各定価:1320円(10%税込)
1~22巻好評発売中!
illustration:魔界の住民(1~9巻)
KeG(10~11巻)
晩杯あきら(12巻~)
漫画:三輪ヨシユキ
各定価:748円(10%税込)
デスゲームから500年後のゲーム異世界へ
絶対覇者降臨
新たなる無双伝説開幕!!
大人気ファンタジー待望のコミカライズ!
アルファポリスHPにて大好評連載中!
アルファポリス 漫画
検索

Niseseijo ha mofumofu chibikko jujin wo mamoru mamaseijo to naru
偽聖女は
もふもふちびっこ獣人を
守るママ聖女となる
著 k-ing
キング
異世界で
もふかわな
家族ができました。

聖女召喚に巻き込まれてしまったお人好しな一般人、マミ。偽物の聖女と疑われ、元の世界に帰る方法もない。せめて生活のために職が欲しいと叫んだ彼女に押し付けられた仕事は、ボロボロの孤児院の管理だった。孤児院で暮らすやせ細った幼い獣人達を見て、マミは彼らを守り育てていこうと決意する。イケメン護衛騎士と同居したり、突然回復属性の魔法を覚醒させたりと、様々なハプニングに見舞われながらも、マミは子ども達と心を通わせていき——もふもふで可愛いちびっこ獣人達と送る、異世界ほっこりスローライフ!

偽聖女は
もふもふちびっこ獣人を
守るママ聖女となる
k-ing
異世界で
もふかわな
家族ができました。

●定価:1320円(10%税込)　●ISBN:978-4-434-33597-6　●Illustration:緋いろ

この作品に対する皆様のご意見・ご感想をお待ちしております。

おハガキ・お手紙は以下の宛先にお送りください。

【宛先】

〒150-6019 東京都渋谷区恵比寿 4-20-3 恵比寿ｶﾞｰﾃﾞﾝﾌﾟﾚｲｽﾀﾜｰ 19F
（株）アルファポリス　書籍感想係

メールフォームでのご意見・ご感想は右のＱＲコードから、
あるいは以下のワードで検索をかけてください。

アルファポリス　書籍の感想　検索

ご感想はこちらから

本書はWebサイト「アルファポリス」（https://www.alphapolis.co.jp/）に投稿されたものを、改稿のうえ、書籍化したものです。

転生《てんせい》しても実家《じっか》を追《お》い出《だ》されたので、今度《こんど》は自分《じぶん》の意志《いし》で生《い》きていきます２

藤 なごみ（ふじ なごみ）

2024年 3月31日初版発行

編集－勝又琴音・今井太一・宮田可南子
編集長－太田鉄平
発行者－梶本雄介
発行所－株式会社アルファポリス
〒150-6019 東京都渋谷区恵比寿4-20-3 恵比寿ｶﾞｰﾃﾞﾝﾌﾟﾚｲｽﾀﾜｰ19F
TEL 03-6277-1601（営業）　03-6277-1602（編集）
URL https://www.alphapolis.co.jp/
発売元－株式会社星雲社（共同出版社・流通責任出版社）
〒112-0005 東京都文京区水道1-3-30
TEL 03-3868-3275
装丁・本文イラスト－呱々唄七つ
装丁デザイン－AFTERGLOW
印刷－図書印刷株式会社

価格はカバーに表示されてあります。

落丁乱丁の場合はアルファポリスまでご連絡ください。

送料は小社負担でお取り替えします。


ISBN978-4-434-33609-6 C0093